カノンレディ
Cannon Lady

～砲兵令嬢戦記～

2

村井 啓

ill.※Kome

Contents

【目次】

北方大陸
〜東部地方図〜
ローヴィレッキ
Lanvellec
ノール帝国
ル・シャトレ
Le Chatelet
フルザンヌ
Plouzane
オルシュビリミ
Olszwilimy
ラシーヌ山脈
ストシン
Stoszyn
アトリ山脈
コリードンバーグ
Corydonburg
旧ヴラジド
大公国領
シフィエリピン
Swierypin
コロンフィラ
Columphila
国境峠
Border Passing
オーランド連邦
パルマ
Palma
ラーダ
王国
タルウィタ
Tulwita
リヴァン
Rivan
リマ
Lima
ドンサム
Dontham
N
E
S
W

第四章：今は亡き大公の国 ―ヴラジド―

第三十四話：呪い

朝靄《あさもや》の中をひた走る。後ろは振り返らず、ただ手綱を握って、前だけを見て走り続ける。イーデンの背中を無言で、何も考えずに見つめながら。

日は既に昇っていた。

右頬に暖かな陽の光を感じながら、私達は一路コロンフィラへと向かっていた。

リヴァン市の脱出作戦時と、殆《ほとん》ど陣形は変わっていない。先陣をコロンフィラ伯率いる黒騎士団が進み、その後ろにはフレデリカ率いるパルマ軽騎兵が続く。自分達砲兵は戦列歩兵達の後ろ、つまり最後尾に位置している。

「各員！　傾注！　傾注！」

先頭から、コロンフィラ領の旗を掲げた黒騎士が駆けてくる。

「コロンフィラ伯閣下より小休止の命が下った！　各員その場で小休止！　隊列が伸び切っている！」

後ろは振り返らず、徐々に馬の速度を落として行く。

覚悟していたノール軍の追撃は、驚くほど拍子抜けに終わった。リヴァン市を東に脱し、ヨルク川を渡った時点で、既に追っ手である有翼騎兵《フッサリア》の姿は見えなくなっていた。

それすらも罠に思えた。だが二度、三度と小休止を挟んでも、追撃の音は聞こえてこない。そして此度《こたび》、四度目の小休止令が下されようとも、あの有翼騎兵《フッサリア》の馬蹄音《ばていおん》が聞こえてくる事は無かった。

「ベス、火を起こしたい。火口《ほくち》になる物を拾ってきてくれ」

イーデンが、馬から降りつつ自分へ指示を出す。至って普通の、なんて事の無い抑揚だった。

「分かったわ」

彼が発する中庸な抑揚の裏には、明らかな気遣いが見てとれた。

だから張り合うように、あるいは気遣いをそのまま返すように、自分も平凡な返事を出した。

地面に杭を打ち、手綱を巻き付けて固定する。ふと前を見ると、エレンを始めとした女性輜重隊《しちょうたい》の面々が、馬車から降車している。みな、安堵《あんど》の表情を浮かべていた。

「お姉ちゃーん！」

走り寄ってきたエレンに抱きつかれ、思わず後ろへ倒れそうになる。

「よくやったわね、エレン。大活躍じゃない」

「えへへへ〜」

抱きしめた腕の中で、エレンが顔をゴシゴシと擦り付けてくる。

「……お姉ちゃん、どうしたの？」

ふとエレンが顔を上げ、不安そうな表情で自分の顔を覗き込んでくる。

「どうって……どうもしてないわよ？」

笑顔を作り、いつもの姉の姿を見せる。

「さぁ、行ってらっしゃい。輜重隊長なんだから、アナタが居ないと始まらないでしょ？」

「うん」

エレンは何度も振り返りながら、輜重隊の元へ戻っていった。

「…………」

道を外れ、小籔《こやぶ》に分け入り、そこらに落ちている小枝や枯れ葉を拾い集める。

どれだけ笑顔を作るのに慣れていようとも。どれだけ常に平常心でいる様にと教育されようとも。

妹の目には、目の暗さだけは、誤魔化せなかった。

「……っ」

後ろを、自分達が来た道を振り返る事が出来ない。

「……っぐ」

最後尾である自分達の後ろから、もしかしたら、彼らが追い付いてきてくれるのではないかと。

「……っぐぅぅ……！」

今後ろを振り向いて、誰もいなかったら。

誰もついてきていない事が確定してしまったら。

「お願い……！」

彼らは、私が殺したも同義ではないか。

「お願いっ……！　お願いっ……！」

抱えていた枝を地面に落とし、両手を顔の前で握り込む。

うまく呼吸が出来ない。

首を後ろに向ける、たったそれだけの事が出来ない。

後ろを振り返ろうとすると、グロテスクな自分の罪が、すぐ目の前にあるようで、余りにも恐ろしい。

『貴様に救われた命だ。どうせなら最期は、貴様の為に捧げたいのだ』

最期にクリスから放たれた言葉が、再び呪いとなって、自分の中を蝕み始める。

「私のせいにしないで……！　お願いっ……！」

「ベス？　おい！　ベス！　大丈夫か!?」

オズワルドが茂みを掻《か》き分《わ》け、地面に蹲《うずくま》っているエリザベスの元へ駆け寄る。

「後ろから、追いかけてくる……！　私のせいじゃないのに……！」

唇を震わせ、固く握った両手を額に何度も打ち付けている。

「あぁクソッ！　不味《まず》いなコレは……おい！　誰か！　来てくれ！」

顔面蒼白の彼女を片脇に抱き抱えながら、オズワルドは小籔の向こうにいる砲兵達へ助けを求めた。

半ば引《ひ》き摺《ず》られていくエリザベスの足元には、朽ち折れた枝が、何本も散らばっていた。

◆

「中尉殿、どうすれば良いですかね？」

「どうって言われてもな……」

イーデンとオズワルドが、焚火を囲みながら神妙な面持ちで言葉を交わしている。

「男相手なら、まぁ景気付けのセリフも色々出てくるけどよ。女の、しかも小娘を勇気付けるセリフなんて持ち合わせて無《ね》ぇぞ」

言いながら、幌《ほろ》が降りた馬車を見つめる二人。

「ベスを馬車の中に仕舞ってからどれくらいだ？」

「半日は経ってますよ」

「アレからもう二回くらい小休止を挟んだよな？　馬車から出てきた所を見たか？」

「いえ全く。気になって他の砲兵達にも聞いてみましたが、馬車から出てくるのを見た奴は居ませんでした」

半ば錯乱状態に陥ったエリザベスを、馬車の中で休ませること半日。未《いま》だに彼女は馬車の中に引《ひ》き篭《こ》もったままの状態だった。

「なんとかして引っ張り出さないと、今後の我が軍の士気に関わりますよ」

「士気云々《うんぬん》の前に、そもそも従軍の意志が残ってるのかどうかを確認せにゃいかんのだが……」

イーデンが、爆《は》ぜる焚火に目を落とす。

「どうしたもんかなぁ……これだから指揮官職は責任がデカくて嫌なんだ」

「フェイゲン大佐からは何と？」

「『極力、原隊復帰が望ましい』だとさ。戦果的にも士気的にも、居てもらった方が軍のプラスになるからな」

イーデンは上官からの命令と、部下への気遣いとの間で板挟みになっていた。何度も髪を掻《か》き毟《むし》ったせいで、彼の癖毛が更に悪化している。

「エレン殿に慰撫《いぶ》を依頼してみては？　他ならぬ姉のことです。彼女なら受けてくれるかと——」

「それは俺も考えた。だがナシだ」

彼は細枝に火を移すと、パイプのチャンバーに枝ごと火種を突っ込んだ。

「エレンは軍属とはいえ、結局は民間人だ。たとえ当人の親族であったとしても、軍人の問題に巻き込む訳にはいかねぇ」

それに、と一度大きく紫煙を燻《くゆ》らせる。

「上手く説明できねェんだが。この問題にエレンを巻き込んだら、当のベス本人が滅茶苦茶怒りそうな気がしてな……」

「それはまぁ確かに、小官も何となく理解できますね……」

オズワルドが、拾ってきた薪を乱雑に放り込む。一際大きく薪が爆ぜる音が響き、暮色蒼然《ぼしょくそうぜん》と化した夜空に火の粉が舞う。

無意識に火の粉を目で追っていたイーデンが、街道奥から徐々に近づいてくる騎兵の姿を捉えた。

「お、大尉殿が戻ってきたぞ」

イーデンが立ち上がり、出迎えの準備を整える。パイプの葉を無駄にしたくない気持ちから、火は消さずに地面へと慎重に据え置いた。

「大尉殿、後方偵察の任ご苦労様です」

「ランチェスター大尉殿、ご苦労様であります！」

「やぁ、出迎えありがとう」

二人の敬礼に対し、フレデリカが微笑を帯びた馬上答礼を返す。

「今度はヨルク川付近まで後方偵察の範囲を伸ばしてみたが、ノール軍の追撃隊の姿は見られなかった。一先《ひとま》ず振り切ったと見て問題ないだろう」

彼女が一息つきながらシャコー帽を脱ぐと、緩やかにウェーブ掛かった銀髪が露《あら》わになった。

「それは何よりです。歩兵達はともかく、輜重隊の面々がそろそろ体力的にも限界を迎えそうだったので……」

オズワルドが指差す先には、靴を脱ぎ捨て、素足を焚火に当てて暖を取る輜重隊員達の姿があった。

「そうか、それは何よりだ……」

彼女は暖を取る輜重隊員や、砲の点検を行う砲兵達の集団を一通り見渡すと、目当ての人物が居ない事に肩を落とした。

「エリザベスは……カロネード士官候補はまだ馬車から出てこないのか？」

探している人物が見つからなかった事に対して、フレデリカが僅《わず》かに落胆した様子を見せる。

「はい、我々としても、何と声を掛けたら良いものか迷っておりまして……」

二人は直視を避ける様に、背後の馬車を指差した。

物音一つ聞こえてこない馬車を暫《しば》し見つめた後、彼女は鞍上《あんじょう》から降りた。

「私から、何とか話をしてみよう。原因を辿れば、私にもその一端はあるだろうから」

二人の返事を待たずして、フレデリカは馬車へ向かう。オズワルドが彼女を呼び止めようと手を伸ばしたが、無言でイーデンに遮られた。

彼女が幌に手を掛けようとした、その時。

「エリザベ――」

突如幌が内側から捲《めく》られた。

「あら、大尉殿。どうされましたの？」

そこには、過日と全く変わらないエリザベスの姿があった。

「あ、そうですわ！　大尉殿にちょっとお願いがあるんですけども」

エリザベスは馬車の荷台から飛び降りると、ポケットから指輪を取り出した。

「コロンフィラからタルウィタへ戻ったあと、ク、クリス少尉の奥方へ、こちらの指輪をお届けしたいんですの。どうか同行頂けませんかしら？」

クリスの名前を語る瞬間だけ、彼女の語調が変に歪む。

「そうか、分かった。他ならぬリヴァン市の英雄の頼みとあっては断れないな。その指輪はハリソン少尉から受け取ったのかい？」

「そうですわ！　ク、クリス少尉から託された大切な指輪ですわ！　ちゃんと届けませんと……」

エリザベスは震える手で、大事そうに指輪を仕舞った。

「君は十分に責務を果たした。コロンフィラへ到着するまでの間は、荷台で十分に休んでおくと良い」

「え？　大丈夫ですわよ！　まだこの通り元気ですわ！」

彼女はにこやかに、フレデリカの前でクルッと一回転してみせた。

「いやいや、君に自覚が無いだけで身体《からだ》は相当疲れてる筈《はず》だ。一回転できる余裕がある内に休みなさい」

フレデリカは、半ば無理矢理彼女を荷台に押し戻すと、幌を元あったように降ろした。

彼女は少しの間、閉じられた幌の前で思案を重ねた後、腰に両手を当てつつ戻ってきた。

「いやぁ良かったです。彼女、思ったより元気そうで」

やり取りを遠目で見守っていたオズワルドが、朗らかな顔を見せる。

「いや、違うね」

腰に当てていた左手をサーベルの鞘《さや》へと滑らせながら、彼の言《げん》を切り捨てる。

「彼女のあの姿を、立ち直ったとは言わないよ。むしろ、瀬戸際まで追い込まれている証だ」

「そんな……ここから聞いてる限りでは普段通りの印象でしたよ!?」

オズワルドと同じく、一件落着と見ていたイーデンも驚愕《きょうがく》する。

「言葉の節々に、限界が滲《にじ》み出《で》ていたよ。辛《かろ》うじて踏み留まれているのは、彼女の執念にも似た矜持《プライド》が故《ゆえ》だろう」

重苦しい空気が三人の間を漂う。小休止中の慌ただしい喧騒の中、この焚火を囲む空気だけは、鉛のように重かった。

「あそこまで追い込まれても、尚《なお》助けを求めようとしないのは……恐らく、カロネード商会の教育とやらの所為《せい》だろうね」

「参ったな。いっそ、大声で泣き叫んでくれでもすれば楽なんだが……」

そう呟《つぶや》きながら、イーデンは地面に置いておいたパイプを拾い直した。

「要するに、彼女は無理をしている状態という事なんですよね？　であれば、無理しなくて良いと声を掛けてあげれば良いのでは……？」

オズワルドの提案に、二人は首を横に振る。

「彼女が最後の拠《よ》り所《どころ》としている矜持という柱を、無下に倒すようなマネをしてはならない」

「しかし、その矜持の柱とやらは、今にも崩れそうではありませんか！　何とか支えてやらねば！」

「あぁいう状態の人間に、外側から力を加えると碌《ろく》なことにならねぇ。あくまでベス自身の、内側からの力に賭けるしかねぇ」

フレデリカもイーデンも、規模の差こそあれ、長年部下を率いてきた人物である。

ともすれば、今のエリザベスと同じ境遇に追い込まれた部下の姿も、幾人と見てきた筈である。その度に考えあぐね、気遣い、最大限の敬意を持って掛けた言葉が、それこそ当人の心をへし折る最後の引き金となり得る事を、二人は知っていた。

その二人の答えが静観で一致しているのであれば、オズワルドもこれ以上、エリザベスの心へと踏み込む気概は出てこなかった。

「……君の言う通り、彼女の柱が崩れるのは時間の問題だ」

フレデリカが馬具に引っ掛けていたシャコー帽を被り直し、真鍮製《しんちゅうせい》の顎紐《あごひも》を窮屈そうに留める。

「我らにできるのは、上手く……穏便に、可逆性を持った状態で、彼女の柱が崩れてくれる事を祈るしか無い」

彼女の目の前で爆ぜた火の粉は、辿々《たどたど》しくも消え入ることは無く、夜空へと昇って行った。

第三十五話：亡国の翼

「リヴァン市内の様子はどうですか？」

「小規模な損害のみに留まっておりますので、十分駐屯地として利用可能かと」

並んで歩く参謀補佐の報告を受けつつ、リヴィエールはリヴァン市の西門を潜《くぐ》った。

オーランド軍が去り、もぬけの殻と化したリヴァン市内では、ノール軍による占領が着々と進行している。当面の戦略拠点として利用する予定だったパルマが灰と化した今、このリヴァン市がノール軍唯一の根拠地だった。

「使えそうな軍需品は残っていますか？」

「いえ、ありません。野砲及び臼砲《きゅうほう》は鹵獲《ろかく》防止処置を施されており、銃、被服、装備品に至るまで、全てが焼却処分されております」

「そうですか……中々に徹底していますね」

使用不能にされた状態で放置されている野砲達を横目に、二人は目抜き通りを進んでいく。

「ところで、連隊総指揮官殿はどちらへ行ってしまわれたのですか？」

リヴィエールは、今朝方からヴィゾラ伯の姿を見ていない事に気付いた。

「ヴィゾラ伯閣下は軍団長閣下と共にラーダ王国へと発っております。此度のオーランド侵攻について、ラーダより説明を求められた様にございます」

「ラーダ王国へは、事前に仲裁不要と根回しを行っていた記憶がありますが……」

「はい。閣下の仰る通り、開戦当初は想定通り、ラーダ王国も不干渉を貫いておりました」

参謀補佐は脇に抱えた書類の中から、手紙の写しをリヴィエールに渡した。

「しかしリヴァン市の陥落早々、ラーダの大使からこのような文《ふみ》が届きまして、我が国に直接赴いて事情を説明せよと……」

リヴィエールは数秒内容へ目を通した後、僅かな苦笑と共に手紙を返却した。

「大方、我々の進軍速度を遅らせる為の姑息《こそく》な手段でしょう。ラーダは、北方大陸の勢力均衡が崩れることを危惧《きぐ》している様ですね」

「半ば言い掛かりに近い内容という事ですか？　であれば、そもそも真面目に取り合う必要も無いかと存じますが……」

手紙を受け取りながら首を傾《かし》げる若い参謀補佐に対して、彼は苦笑混じりの咳を零《こぼ》した。

「ラーダが小国であれば、嘲笑と共に手紙を破り捨てるのもまた一興だった事でしょう。しかしラーダは大国です。いくら我が国が軍国と言えども、自他共に認める大国相手に下手な真似は出来ません。人に上下がある様に、国にも上下があるのです」

「はぁ、そうですか」

「軍人である貴官が納得せずとも構いません。これは軍事の話ではなく、政治の話ですので」

二人は目抜き通りから逸《そ》れ、やや曲がりくねった道を進む。暫しの登り坂と石階段を経由した後、目的地であるリヴァン邸の白屋根が見えてきた。邸宅の軒先には、屋上から落とされてバラバラになった臼砲の残骸が転がっている。

「こちらがリヴァン邸になります。オルジフ・モラビエッツスキ男爵殿へは、室内で参謀閣下の到着を待つ様に伝えております」

「案内ありがとうございます……さて」

それまでの薄い笑顔から一転して、リヴィエールの顔が険しくなる。その顔つきは、先の包囲戦で有翼騎兵《フッサリア》の分割を指示した時のそれと全く同じであった。

◆

「アラン・ド・リヴィエール参謀閣下、御到着にございます」

ドア向こうから聞こえてきた声に反応し、オルジフが椅子から立ち上がる。戦時ではない為、鎧は着けておらず、濃いマゼンタ色の平服を身に纏《まと》っていた。

声から間を置かずして扉が開かれ、リヴィエールが入室する。

挨拶も交わさず、お互いの目線をも外さずに、牽制《けんせい》し合うかの様な所作で二人は席についた。

「……まずは、先のリヴァン市占領戦における戦働《いくさばたら》きを労《ねぎら》っておきましょうか。オーランド連邦軍の掃討、ご苦労様でした」

「労われる程の事はしておりません」

「ええ、本当にそうですね」

リヴィエールはオルジフの謙遜を諸共《もろとも》に踏み潰し、明確な敵意を向けた。

「なぜオーランド軍残党の追撃を諦めたのですか？」

「一部の敵軽騎兵《ハサー》が捨て身の攻勢を仕掛けて参りました。同部隊の対処に追われている内に、敵軍本隊は脱出を――」

「その程度の嘘《うそ》で私を騙せるとでも思っているのですか？　私も安く見られた物ですね」

鼻に掛けた笑いと共に、戦闘経過報告書を机の上へ乱雑に放り投げる。

「蘊奥《うんのう》を極めたるオルジフ・モラビエッツキ男爵ともあろう御仁が、たかが十騎の騎兵突撃で敵を見失うとは到底考えられません」

彼の逃げ道を潰す様に、リヴィエールは戦況図と証言の矛盾点を次々に指摘した。

「敵残存軍は歩兵が主体です。どれだけ整然と撤退を行おうと、時速十キロが精々でしょう。神速を誇る有翼騎兵《フッサリア》が追いつけぬ敵ではありません。加えて報告書によれば、貴隊と敵軽騎兵が白兵戦を行っていた時間は五分程度とあります。その間に敵本隊が全速力で逃走したとしても、稼げる距離は五百から八百メートル程度です。軽騎兵の対処後であったとしても、十二分に再追撃は可能だった筈です」

オルジフはリヴィエールの追及を前にしても、全く表情を崩そうとせず、寡黙《かもく》を貫いている。

「もう一度尋ねましょうか。なぜオーランド軍残党を見逃したのですか？」

「……敵本隊に、二百騎程度の重騎兵がおりましてな。いかな我ら有翼騎兵《フッサリア》としても、多勢に無勢と判断し、追撃を諦めました」

「敵重騎兵は敵軍の先鋒《せんぽう》を担っていました。そう簡単に隊列変更は出来ない状況だった事でしょう。加えて、仮に重騎兵の脅威があったとしても、敵軍の中段……特に本体から離されつつあった砲兵部隊までは安全に掃討可能だった筈です」

地図に描かれた、リヴァン市を東に脱していくオーランド軍戦列の先端を、リヴィエールは何度も執拗《しつよう》に指差した。

「おぉ、考えてみればそうでしたな。流石《さすが》は参謀閣下、この老いぼれには思いも付かぬ戦術眼をお持ちですな」

「白々しい言い訳を吐《ぬ》かさないで頂きたい！　これは明確な利敵行為ですぞ！」

リヴィエールが声を荒らげる。しかし大声を上げる事に慣れてないのか、その後すぐに激しく咳き込んだ。

「参謀閣下が私の手腕を高く買って頂いている事に対しては誠、恐縮の極みにございます」

リヴィエールの咳がひとしきり収まったのを確認したオルジフが口を開く。

「しかして烏滸《おこ》がましいですが、私とて完全無欠ではございません。それも、尾羽《おは》打ち枯らした老骨であるが故に、過《あやま》ちを犯す事もあるでしょう。此度は相手が上手だった、ただそれだけの事にございます」

「……やたらと敵を持ち上げるのは、ヴラジド人の気質ですか？」

「いえ、私個人の気質にございます」

そこまで言い終えると、二人の間に熟考を思わせる長い沈黙が流れた。

「……内通の確たる証拠もない故、今回は不問と致しましょう」

やや疲れた様子で、机の報告書を纏めて脇に抱えると、彼は足早に席を立った。

「不幸な誤解が解けたようでなにより――」

「しかしながら！」

今一度厳しい眼をオルジフに向ける。

「私は連隊総指揮官殿程、甘くはありませんよ。私がなぜ本国の命令でこの地に派遣されているのか、その理由を今一度考えてみる事をお勧め致します」

オルジフはリヴィエールと眼を合わせずに、先程まで報告書が並べられていた机を見つめたままである。

「旧ヴラジド大公国の野戦指揮官《ヘトマン》を拝命していた貴卿ならば、利敵行為に対する罰の重さも重々承知している事でしょう。罰は貴卿のみならず、部下やその家族にも及びますので、努々《ゆめゆめ》お忘れなきように」

わざとらしく音を立ててドアを閉めながら、リヴィエールは退出した。

「……無論、承知しているとも」

初めて、オルジフの口角が吊り上がった。

第三十六話：リマ会談

ラーダ王国、リマ市。

比較的近年になってから人口が急増し始めたこの都市は、威風辺りを払うゴシック様式の建造物が立ち並ぶ中心部と、近年ノール帝国を中心に流行しているバロック様式の建物がひしめく、都市外縁部の二区画に大別される。

都市というものは本来中心部に向かっていく程、贅《ぜい》を凝らした華美なものが増えていくのが道理ではあるものの、リマ市の様相はその真逆を行っている。つまるところ、綺羅《きら》を飾る事に特化したバロック様式の外縁部から、荘厳や威厳を重視したゴシック様式の中心部へと街並みが変化していくのだ。

「妙な街並みですな。中心に向かうほどに時代を遡《さかのぼ》っていく様な錯覚に陥りましたぞ」

白一色の車体に、金で彫られた鷲《わし》の彫刻を帯びた馬車の扉が開かれ、ヴィゾラ伯が降車する。

「此度は物見遊山《ものみゆさん》に非《あら》ず。寡黙にて歩を進めよ」

既に先を歩き始めていた軍団長の鋭い声に突き動かされ、ヴィゾラ伯はドタドタと慌てて軍団長の左斜め後に付いた。

「……軍団長閣下、恐れながら一点質疑のほど、宜しいでしょうか？」

「良し」

「閣下は何故《なにゆえ》、付き人を一切付けないのでしょうか？」

彼が軍服の上から身に付けている筆記用具類や、片手に抱えた書類を凝視しながらヴィゾラ伯が尋ねる。

「一人の身に余る量でもあるまい。付き人など無用」

「はぁ、左様で……」

三名の付き人を後ろに侍《はべ》らせているヴィゾラ伯が困惑の表情を浮かべる。

自らの荷物を手に持って移動する貴族は、余程他者が信用出来ない者か、そうでなければ只《ただ》の変人である。どれほど困窮している貴族であっても、付き人は必ず侍らすのが貴族の矜持《プライド》である。

己の部下から奇異の目で見つめられようと、ものかはといった様子でリマ市庁舎へと足を踏み入れていく軍団長。それから少し距離を取りつつ、ヴィゾラ伯も続いて軒先を潜った。

やたらに高さを追求している尖塔や、採光の為に大きく採寸が取られた窓、建物外壁を補強する為に架けられたアーチ状の飛梁《とびばり》など、外観から感じ取ったゴシック様式の造形美を裏切る事なく、その内観もゴシック然としていた。むしろ、極力支柱を排した大広間や、細々とした彫像や金銀細工の一切を配置せず、ひたすらに空間の広さを訴求しているその姿に、ヴィゾラ伯はある種の潔《いさぎよ》ささえ感じていた。

「ノール帝国より、プルザンヌ公爵ラッジ・ド・オーヴェルニュ卿、次いでヴィゾラ伯爵シャルル・ド・オリヴィエ卿、ご入来！」

伽藍堂《がらんどう》とした広間に、客人到来を告げる声が良く響く。二人の目線の先には、広間の大きさに対して些《いささ》か、いや、甚《はなは》だ不釣り合いな小机と椅子が用意されていた。

「お待ちしておりましたぞ。此度は駕《が》を枉《ま》げる様な物言いとなってしまい、誠恐縮の極み……」

机の側《そば》に立っていた男が、慇懃《いんぎん》無礼《ぶれい》とも取れる仰々しい身振りで頭を下げる。

「謦咳《けいがい》に接する事が出来、光栄に御座います。リマ市の地主《ジェントリ》、並びに王国会上院議員を拝命しております、ベージル・バークに御座います」

ベージル・バークと名乗る男は、片足を下げつつ胸に手を当て、腰を深々と折りながら改めて頭を下げた。暗いブラウンの長髪と、皺のない顔立ちからして、それほど歳《とし》を食っていない印象を受けるが、やけに細長く整えられた口髭《くちひげ》や、猫目を連想させる縦長な瞳の所為で、老練された胡散臭さとでも言うべき雰囲気が漂っている。

「我がリマ市の街並みは如何《いかが》でしたかな？　もし御所望とあらば、地主たる私自らが推薦する名所をご案内させて頂くことも……」

男性にあるまじきメゾソプラノの声色で、恭《うやうや》しく右手を差し出す。

「今は無用。火急の身故、此度の戦役が無事落着次第、勘案させて頂く」

「おや、左様で。ノール帝国オーランド方面軍の軍団長閣下ともなると、ご多忙に絶えぬ日々なご様子……少しばかり羽を伸ばしても罰は下らないと思いますが――」

無用と言っている、と腕を組みながら一蹴するプルザンヌ公。

「……音に聴こえし通り、ノール軍人は真面目な様ですな」

ベージルは飄々《ひょうひょう》と、指先で何かをつまむ様な仕草をすると、横座りの姿勢で着席した。

「文にて概略は承知しておりますが、認識相違ないか今一度、バーク卿の口からお話し頂きたく」

話を前へ進めようと、ヴィゾラ伯が左手で言葉を促す。

「世間話は無用という訳ですな、承知いたしまして……。さて、ご両人にご足労をお掛けしたのは他でもない、風雲急を告げるノール・オーランド戦争についてに御座います」

ベージルはあからさまに眉を顰《ひそ》め、いかにも迷惑しているといった様子を隠さず全面に押し出してくる。

「貴卿らもご存知の通り我がラーダ王国は、ノール・オーランド間の国境紛争について、可能な限り公明正大な仲裁者としての立場を保ってまいりました。事実として、今まで幾度となく開戦の危機に陥った両国の間に立ち、和を講じ、仲裁案を提示し、北方大陸の平穏を求めんが為の努力を惜しまず尽くしてきたと確信しております。そう取り立てて一つ例を挙げるのであれば……」

「肯綮《こうけい》に中《あ》たる物言いを心掛けてほしい。此方《こちら》は要点と要望のみを欲している」

いつまで経っても核心を述べないベージルの言い振りに対し、業を煮やしたプルザンヌ公が貧乏揺すりを始める。

その姿を見たベージルは、元々浮かべていた薄ら笑いを更に深くした。

「これはこれは失敬！　政治に関わる事が多い身故、アレコレと言葉を飾る癖がついておりまして……軍人殿へはまず結論から話すべきでしたな」

ベージルは手を額に当て、苦笑しながらかぶりを振る。

「では要点を述べましょう。これ以上オーランド連邦の領土を侵すのは、北方大陸の平和的観点から見て甚だ宜しくない。パルマ地方の割譲までは容認しますので、これ以上のオーランド侵攻は取り止めて頂きたい」

笑みを浮かべつつ、彼はキッパリと要件を述べた。

「……その申し出を断った場合の、貴国の出方について伺《うかが》いたい」

鼻息を漏らしながら、プルザンヌ公は椅子に深く座り直した。

「拒否ですと？　ふむ……」

ベージルは顎に手を当て、素《す》っ頓狂《とんきょう》な顔をする。

「拒否をされてしまいますと、少なくともこの戦争において、我が国は中立という立場を取れなくなってしまいますぞ？」

「其《そ》は、貴国がオーランド側に立って鞘を払う可能性がある、という事か？」

「そこまでは何とも言えませんな。ただ、今まで貴国が好き勝手に拡張侵攻を繰り返してこられたのは、私が貴国の国力を敢えて過小に、王国議会へ報告していたからでもありますぞ？　もう少し、私が与えた恩に対して報いる姿勢を見せても良いのではないでしょうかな？」

ベージルが頭ひとつ分、身を乗り出して尋ねる。二人はそれを避けるように、頭ひとつ分身を引いた。

「私の報告の仕方一つによって、貴国をラーダ王国の主権を脅《おびや》かし得る重大な懸念国家と印象付ける事も可能ですぞ？　よぉく熟考した方が、懸命ですなっ！」

語尾を跳ねらせながら言い切ると、彼は背もたれに腕を掛け、足を組んだ。

事実として、ノール帝国がここまでの軍事拡張戦略を採ってこられたのは、ラーダ王国がある程度黙認の姿勢を貫いてきた事による所が大きい。二十年前のヴラジド大公国侵略、そして今回のオーランド連邦侵略と、通常であれば他国から警戒されかねない速度での領土拡張が許されてきたのは、ラーダ王国の、より正しく言えば、ラーダ王国極東事情を一手に任されているベージル・バークの見て見ぬ振りのお陰なのである。

「……大方、その様な要望であることは承知しております。一点、此方から提案が御座います、宜しいですかな?」

ベージルの返答を待たずして、プルザンヌ公は手に持っていた書類を机の上に広げる。それには、アトラ錫《すず》鉱山採掘権、と大きく題が打たれていた。

「貴殿も知っての通り、パルマ地方のアトラ山脈からは良質な錫が採掘可能で御座います。元より我が国とオーランドがアトラ山脈国境で争っていたのは、この錫鉱山の支配権を巡ってのことで御座います」

付き人に羽根ペンを用意させながら、ヴィゾラ伯が書面の意図を述べ始める。

「ラーダ王国軍の所有する青銅砲の多くが、アトラ山脈産の錫を原料としている事は承知しております。もし、此度のオーランド侵攻について、このまま貴殿が見て見ぬふりを保って頂けるのであれば、我が国は喜んでアトラ錫鉱山の採掘権を貴殿へ譲渡致しましょう」

目の前に差し出された羽根ペンを怪訝《けげん》な顔付きで見つめた後、ベージルは腕を組みながら天井へと顔を向けた。

「おや、申しておりませんでしたかな? 我が王国軍の大砲は、高価な青銅製から安価な真鍮製へと更改が進んでおりましてなぁ。正直、大砲用途としての錫には余り困っておりませんでしてな～」

申し訳ありませんなぁ、と満面の笑みで顔を前に戻すベージル。その反応を見たヴィゾラ伯は、やれやれといった様子で契約書を手元に戻そうとする。

「しかし、まぁ」

眼前から引き離されそうになった契約書を掴《つか》み返《かえ》すと、ベージルは羽根ペンを左手に取った。

「条件としては悪くありませんな。一筆ご所望とあらば、その様に」

「お心遣い、感謝いたします。今後とも、互いに袖《そで》に縋《すが》りあう関係でありたい物ですな」

ノール側の二人が、会談始まって以来の笑みを浮かべた。

「おっと！　忘れるところでしたぞ。実はこちらもご勘案頂きたい書類がありましてな……」

署名を済ませる寸前でわざとらしく筆を止めると、ベージルは一枚の契約書を机上に乗せた。警戒している様子の二人に気付いた彼は、それほどの物ではございませぬと、大袈裟《おおげさ》に手を振ってみせた。

「実は、貴国が各国へ輸出している石炭につきまして、是非とも我が国が優先的に購入出来る仕組みを作りたいと考えておりまして……」

プルザンヌ公が目を落とすと、紙面には石炭の優先購入権を希望する旨の契約書面が、つらつらと書かれていた。

「もちろんタダでとは申しません。書面にもある通り、もし了承頂けるのであれば、今までの購入価格から更に二割の上乗せをさせて頂きましょうぞ」

ベージルは会談が始まった時と同じ様に、にこやかな笑顔と共に両手を絡めた。

暫しの沈黙の後、プルザンヌ公が羽根ペンを持ちながら口を開いた。

「差し支えない。では軌を一《いつ》にする意も込めて、貴殿と同時に署名すると致す」

「えぇもちろん！　もちろん！」

お互いの筆跡を追う様にして、二人は筆を走らせる。広間に羽根ペンの小気味よい筆音が響き渡った。

「貴殿を疑う訳では無いのだが、なぜ石炭の優先購入権を？　貴国も石炭鉱山は数多く所有していると聞いているが……」

ヴィゾラ伯がふと湧いた疑問をベージルへ投げかける。

「西の中央大陸の方で面白い技術が生まれた様でしてな。将来的に燃料として大量の石炭を使うやもしれんと、話題になっておりますな」

貴国へは特に関係の無い話ですな、とベージルは早々に会話を切り上げた。

「さて残り多い所もありますが、ここらで踵《きびす》を回《めぐ》らすと致します」

椅子から立ち上がり、浅く会釈を交わすと、扉に向かうプルザンヌ公。

「おぉ左様でございますか、会食はまたの機会に是非……！」

ベージルは慌ててプルザンヌ公を追い越し、客人の為に扉を開け放つ。

「そうそう、最後に私から一点、ヴィゾラ伯閣下にお伺いしたいのですが……」

そう言いながら、扉を挟んでヴィゾラ伯へと耳打ちする。

「エリザベス・カロネードという小娘を存じ上げておいでですかな？　王国会の下院議員を務めている有力商人の一人娘なのですが、パルマ方面に向かったという情報以外に目星がなく、困っておるのです」

ヴィゾラ伯は一瞬首を傾げた後、あぁ！　と手を叩いた。

「あの高飛車な銀髪のお嬢さんだろう？　以前、直接会ったぞ。敵としてだがな」

「何と!?　是非詳細を教えて頂きたく……！」

ベージルは小さく驚いた後、小耳に挟もうと顔を傾ける。

「オーランド連邦軍の砲兵中隊所属とか言うてたぞ。軍団長になるのが夢だとか宣《のたま》ってたかな」

「オ、オーランド連邦軍所属ですと!?　……と、とにかくご情報、感謝致しますぞ！」

扉越しに、ヴィゾラ伯へ慌《あわただ》しく礼をする。

「それで？　もし次に出会った時はどうすればいい？　――簀巻《すまき》にでもして差し出せば良いのか？」

「いえいえ！　そこまでの労を貴卿に掛ける訳には参りません！　強《し》いて言うのであれば――」

彼が扉を閉めようとした寸前。

「殺して下さると嬉しいですな。力を持った商人程、厄介な存在はありませんので」

ベージルの猫目が、より一層鋭く光った。

「…………」

ヴィゾラ伯は、自身の背中に、嫌な汗が流れるのを感じた。

第三十七話：アトラの麓に座す国々

「また、有翼騎兵《フッサリア》ですか……」

部屋中をぐるぐると歩き回りながら、パルマ女伯が溜息まじりに述べる。

「私も実際に刃《やいば》を交えて確信しました。あれは本物の有翼騎兵《フッサリア》です。事情は不明ですが、ヴラジド大公国の忘れ形見がノール帝国に飼われているのは確実かと」

「わたくしも確かにこの目で見ましたわ。第二次パルマ会戦で目撃した有翼騎兵《フッサリア》と同部隊でしたわ」

肘掛け椅子に座ったフレデリカとエリザベスが答える。

オーランド連邦軍の残存兵力は三日三晩の強行軍の末、コロンフィラ市へと落ち延びる事に成功していた。

「面倒な事になりましたな。旧ヴラジド大公国とノール帝国が手を組んでいるとなれば、敵が一つ増える事と同義……」

剃《そ》り残《のこ》した顎鬚《あごひげ》を弄《いじ》りながら、リヴァン伯はむつかしい顔をする。

「これは個人的な所感として聞いてほしいのだが、あの有翼騎兵《フッサリア》がノール軍と手を組むなど、少々考《かんが》え難《がた》いと思っていてな。何か事情があるのやも――」

「おい！　アリ……ランドルフ卿！」

コロンフィラ伯が、並々ならぬ剣幕と共に部屋へと突入してきた。

「なんですか？」

パルマ女伯が歩みを止め、少々キョトンとした様子で反応する。

「留守中に余の邸宅を荒らし回ったな⁉　どこに何があるのかまるで分からなくなってしまったではないかッ！」

「屋敷中が余りに散らかっていたので、少々整理しました。むしろ以前よりも所在が明らかになったと思いますが」

「余はあの状態が一番所在を掴みやすいのだ！　勝手に弄るな！　十年前にも言っただろう！」

「貴卿一人がこの屋敷を切り盛りしているのならともかく、ここには使用人や客人も住んでいるのです。彼ら彼女らが過ごしやすい場所を提供するのが、所有者たる貴卿の役目です」

「貴様は余の養母か何かか⁉　一々口出ししてくるな！」

「元婚約者としての忠告です。その様に粗暴だから独り身なのです」

「独り身は貴様も一緒だろうが！」

「……パルマ女伯閣下とコロンフィラ伯閣下って、婚約者同士だったんですの？」

エリザベスがフレデリカに耳打ちする。

「そうだよ。まぁ見ての通り、長続きはしなかったんだけどね」

エリザベスの耳打ちに対して、フレデリカが耳打ちを返す。

「まぁまぁ、貴い身分の者達が言い争いをしていては下々に対して示しがつかない。ここらで手打ちとしようではないか」

リヴァン伯が二人の間に入り仲裁する。コロンフィラ伯は鼻を鳴らしながら壁にもたれ掛かり、パルマ女伯は引き続き部屋の中を歩き回り始めた。

「リヴァン伯閣下、先程のお話ですが、有翼騎兵《フッサリア》とノールが手を組む事は考え難いと仰ってましたわよね？　理由をお伺いしたいですわ」

「おお！　そうだったな……」

話の続きをしても良いものかと様子を窺《うかが》っていたエリザベスが、場が静まったと同時に口を開く。

「ふむ。やや込み入った話になる故、どこから話せば良いものか……エリザベス嬢、ヴラジド大公国について君はどれくらい知っているかな？」

「わたくしが物心付く頃には、既に地図から消えていた国ですので、そこまで深く存じてはおりませんわ。ヴラジド語でシュラフタと呼ばれる貴族達が治める国だったという事と、二十年前にノールに滅ぼされた事くらいしか、存じておりませんの」

「シュラフタを知っているのなら話は早い。あの国は、シュラフタ達による議会制を敷いていたからな」

「あら、ヴラジドも貴族議会制を採用しておりましたのね。オーランド連邦に似ていますわね」

「ヴラジドがオーランドに似ているのではなく、オーランドがヴラジドに似ているのです」

歩き回るのを止めたパルマ女伯が会話に参入する。

「余の祖父、ウィリアム・ランドルフが提唱した立憲君主制構想が頓挫《とんざ》した後、ヴラジド大公国をモデルにした貴族議会制構想が新たに提唱されたのです」

連邦議事堂の礎石《そせき》にその名が刻まれていた事を思い出し、エリザベスは頷《うなず》いた。

「その時、貴族議会制構想の急先鋒として旗振り役を担っていたのが、現在のサリバン家です。我がランドルフ家とサリバン家の仲が悪くなった遠因とも言えますね……」

話が逸れましたね、とパルマ女伯はリヴァン伯へ発言の主導権を戻した。

「ふ〜む。ヴラジドの話をする前に、我が国の成り立ちの話を先にした方が分かりやすいかもしれん……エリザベス嬢、オーランド連邦は様々な小国が集まって誕生した国である事は知っているな？」

エリザベスは無言で頷く。

「では、連邦の構成国となる為には、国の長達《おさ》が色々と条件を飲む必要があった事は知っているかね？」

「条件？」

「左様、条件だ」

他の領主達の顔色を窺いながら、リヴァン伯は説明を重ねた。

「まぁ君の身分からすれば、そんな事かと笑うやもしれんがな……連邦の一員となるには、それまで自らが冠していた王号を捨て、一領主としての爵位を甘んじて叙爵《じょしゃく》されなければならなかったのだ」

「……えーと。つまり、国王から一地方諸侯への降格を受け入れなければ、連邦の一員にはなれなかった、という事ですわね？」

当たり前といえば当たり前である。国王が複数存在する国など、対内的にも対外的にも都合が悪い。序列を平《なら》す為にも、王位を捨てさせる事は絶対条件だったのであろう。

「その通り。余の家系が代々治めていたリヴァン小王国、デュポン家が治めていたコロンフィラ騎士団領、そしてパルマ王国……。ここにいる伯の爵位を有する者達は、皆かつては王族や、それに準ずる血脈であったのだ」

「……王位を捨てる際に、国内で反乱は起きませんでしたの？　国体の維持に関わる重大な事項ですわよね？　反対する輩《やから》が出てもおかしくないと思うのですが――」

「親父殿に聞いた限りじゃ、反乱が起きた所と起きなかった所、割合としては半々位だったらしい」

壁に身体を預けながら、コロンフィラ伯が答える。

「まぁそれでも、ノールやラーダみたいな大国と国境を接してる小国は、比較的穏便に連邦入りを果たしたらしい。連邦という名の庇護《ひご》下《か》に入れるからな」

コロンフィラ伯の言を追認する様に、リヴァン伯とパルマ女伯が頷く。

「だがな……ノールとラーダ、その両国と国境を接していながらも、連邦入りを拒んだ国が一つだけ存在した。ここまで言えば、それがどの国なのか、聡明な嬢ちゃんなら分かるだろ？」

「……それが、ヴラジド大公国という訳ですわね？」

三伯爵が揃って頷いて見せた。

「今でこそ地図から消えてしまってはいるが、ヴラジド大公国は、オーランドとノールの間に存在していた国だ。加えて、西はラーダとも国境を接している。中々に厳しい立地だったんだ」

コロンフィラ伯が、机に広げられていた北方大陸地図に目を遣《や》りながら話す。

「……元々アトラ山脈は、オーランドとノールの自然国境ではなく、オーランドとヴラジドの自然国境でした。今はもう見る影もありませんがね」

パルマ女伯がアトラ山脈を指差しながら付け加える。

「ヴラジドは、ノールやラーダ程ではないにしろ、地方大国と言って差し支えない国でした。祖父としても、是非オーランドの一員として引き込みたかった事でしょう」

「……なぜ、ヴラジド大公国は連邦入りを拒んだのですの？」

当然思い浮かんだ質問を投げ掛ける。

連邦入りを断れば、オーランド、ノール、ラーダの三大国と国境を接する事になってしまう。なぜヴラジドは自らを窮地に追い込む様なマネをしたのか、彼女はその意図が掬《すく》い取《と》れなかった。

「嬢ちゃんがさっき言ってた言葉の通りだよ。国体の維持に重大な疵瑕《かし》が発生すると判断して、連邦入りを拒んだんだ」

「国体の、維持……」

イマイチ釈然としない様子で言葉を繰り返す。

確かに、気持ちは分かる。今まで戴冠していた王の冠を捨て去り、一地方領主へとその地位を落とされるのだ。その国を治める者にとっては屈辱的だろう。しかし拒否したところで、結局はノールやラーダに攻められるのは時間の問題だった筈だ。事実として、現在ヴラジドはノール帝国の一地方にまで落ちぶれてしまった。

平民であるエリザベスから見ると、なぜ敢《あ》えて生き残る道を捨て去ったのか、不思議だったのである。

「どうして、そこまでして国体の維持に執着したんですの？　拒否した所で、どうせ滅ぼされる事は見えてましたのに」

どうせ。

その言葉を発した瞬間。三伯爵の目付きが変わった。

一瞬、ほんの一瞬の間であったが、確かに変わった。その目付きには、明確な怒りの感情が込められていた。

「……まぁ、エリザベス嬢がそう言うのも無理は無い。事実として、ヴラジドはノールに敗北した訳だからな」

いつものやや垂れ目な、柔和《にゅうわ》な目付きに戻ったリヴァン伯が、言葉を紡ぐ。

「ここで最初の話に戻って来るのだが、有翼騎兵《フッサリア》達は、自らを攻め滅ぼしたノール帝国を心底恨んでいる筈だ。だのにもかかわらず、ノール軍に協力する姿勢を見せている。ここが解《げ》せぬのだ」

「戦力の供出を強要されている可能性はないんですの？　滅ぼした国が、滅ぼされた国の兵士をこき使うのは良くある話かと」

「いや、それは無いと思う」

今まで黙って話を聞いていたフレデリカが初めて口を開いた。

「ノールは旧敵国だった土地に対して、戦力の供出を強要する事は無い。むしろあの国は、自国兵士と旧敵国兵士の処遇差を無くす事に尽力している。だからこそ、国の内外を問わず、軍人からの評価がとても高いんだ」

「なるほど……軍国と呼ばれる所以《ゆえん》が分かった気がしますわ」

強い軍国たるには、強い兵士を持たねばならない。強い兵士を持つには、強い忠誠心を植え付けなければならない。そして植え付けられた忠誠心は、良き待遇によって育《はぐく》まれていくものである。

「……纏めると、有翼騎兵《フッサリア》達は敵軍の一角として、望んで軍務に就いているという事ですわね？」

「左様。あるいは、何かしらの取引がノール軍と彼らとの間にあったのかも知れんが、そこまでは分からんな……他に何か有翼騎兵《フッサリア》達に関する情報はあるかね？」

「情報といえば……」

フレデリカがこめかみに手を当てながら、有翼騎兵《フッサリア》の指揮官の名前を思い出そうとする。

「有翼騎兵《フッサリア》の指揮官の名前、確か……オルジフ……モ、モラビエツスキ？　と名乗っておりました」

「モラビエツスキ……？　懐かしい名前ですね」

意外にも、その名前に対して反応を示したのはパルマ女伯だった。

「閣下はご存知なのですか？」

「オルジフの名前は知りませんが、モラビエツスキ、という姓の方は心当たりがあります。ヴラジド大公国の大貴族の名前ですね」

「なんで貴卿がそんな事を知ってるんだ？」

コロンフィラ伯が尋ねる。

「ランドルフ家とモラビエッツスキ家は、祖父の代では色々と交流を重ねていましたので。ヴラジド大公国の栄光に陰りが見え始めると同時に、交流も希薄になっていった様ですが」

「……初めて知ったぞ」

「特に聞いてこなかったので、答える必要も無いかと思いまして」

パルマ女伯のカミングアウトを聞いて、コロンフィラ伯はややショックな面持ちを見せる。

「ふむ。敵の素性は分かったが、これ以上考えても埒《らち》が明かないな。今日の所は、これでお開きにしようか……エリザベス嬢にランチェスター大尉、余の街を最後まで守ってくれて、心より感謝している。結果的に奪われてはしまったが、諸君らの粘り強い防衛によって、連邦軍の編成を間に合わせる事が出来た。有難《ありがと》う！」

そう言いながらフレデリカ、そしてエリザベスの手を力強く握るリヴァン伯。それと同時に、ふと思い出した様に彼が二人へ尋ねた。

「そう言えばフェイゲン連隊長から聞いたが、二人は一足先にタルウィタへ向かうらしいな？」

「はい。パルマ軽騎兵は、最早部隊としての体《てい》を成しておりませんので。タルウィタへ直々に騎兵の補充を依頼しに行く予定です」

「私共の砲兵部隊も、先の退却戦で大砲を全門喪失しておりますの。タルウィタには腕の良い鋳物師《いもじ》が多く店を構えていると聞いております。青銅砲の鋳造《ちゅうぞう》を依頼しに行く予定ですわ」

今のオーランド残存軍には、騎兵戦力も砲兵戦力も存在しない。歩兵戦力のみで構成された軍隊は柔軟性に欠け、非常に脆弱《ぜいじゃく》である。エリザベス達にとって、タルウィタから援軍を要請するのは火急の任だった。

「それと……」

それに加えてエリザベスには、どうしてもタルウィタに行かなければならない用事があった。

「それと、何だね？」

「いえいえ！　気になさらないで下さいましっ！」

クリスから受け取った指輪をポケットの中で握りしめながら、エリザベスはその場を愛想笑いで誤魔化した。

第三十八話：兵士から指揮官へ

私の為に命を捧げてくれた人の伴侶と出会った時、最初に何と声を掛ければ良いのだろうか。まず謝罪の言葉を述べれば良いのか。それとも感謝を述べれば良いのだろうか。

彼が死んでくれたお陰で私が生き残りました、などと言える訳もない。であればいっそ、私が生き残った事と、彼が死んだ事に因果など無かったかの様に話すべきなのだろうか。

彼が死んだのは偶々《たまたま》であり、私が生き残ったのも偶々である、そこに因果関係は無い。そう考えれば、少なくとも彼の死という責任からは逃れられる気がしたのだ。

けれども。

『貴様に救われた命だ。どうせなら最期は、貴様の為に捧げたいのだ』

その責任から逃れようとすればする程、この言葉が重く心に覆い被さってくる。

あの時どうすれば良かったのかという原因を求める気持ちと、今後どう振る舞えば良いのかという方策を求める気持ちが、私の心を別々の方向に引っ張ろうとするので少しも気が休まらない。そのせいか、コロンフィラを出発してからタルウィタに到着するまでの三日間、碌に睡眠も取れなかった。

「大丈夫かい？　また少し休もうか」

自分を気遣って、フレデリカが馬足を止めてくれた。

「いえ、大丈夫ですわ」

疲労と心労から、何度も馬から転げ落ちそうになっていたが、目的地まで後少しだからと、最後の気力を振り絞る。

「本当に大丈夫かい？　君が無理をして、敢えてハリソン夫人に会う必要は無いんだよ？」

「ク、クリス少尉殿のお願いですもの。会わなければ、合わせる顔がありませんわ……」

クリスの妻に会った後は、イーデンと共に大砲を作ってくれる鋳物師を探さねばならない。未だやらねばならぬ事は数多くあるのだ。

「こんな所で、感傷に浸ってる暇は無いわよ……しっかり、手綱を、握りなさいな」

馬の歩く振動が身体に伝わる度に、視界の端が徐々に暗くなっていく。路面の照り返しがやけに眩《まぶ》しい。人々の喧騒が、とても遠く聞こえる。

「ま、前を」

しっかり前を向こうと上体を起こした瞬間、エリザベスはそのまま後ろに仰《の》け反《ぞ》る様にして、バランスを崩した。

「あぁ――」

腹立たしい程に晴れた空が一瞬視界を横切った後、私は頭から地面に落馬した。

◆

「……あぅ？」

エリザベスは間抜けな声と共に、毛布をめくりながら上体を起こした。

「あれ、私確かタルウィタに……うぅ、頭痛《い》ったぁ……！」

痛みの元を辿る様に、手を後頭部に這わせてみると、大きな瘤《こぶ》が出来ているのが感触で分かった。

「な、何でこんな腫れてるの……？　誰かに殴られた？　はっ、もしかして誘拐された……!?」

嫌な予感を覚えて直《す》ぐに自分の身体を見てみたが、特に乱暴された様な形跡もなく、着ていた軍服も自分の側に置かれていた。

「大尉と一緒にタルウィタまで来たのは覚えてるけど、そこから、どうなったんだっけ……」

取り敢えず起きなければと、下着のワンピース姿のまま立ち上がる。周りを見回してみるが、特に監禁する事は想定されていないであろう、普通の部屋である。人が住むにしては少し殺風景ではあるが。

「窓は開くわね、二階から飛び降りるのは厳しそうだけど……取り敢えず誘拐された訳ではなさそうだわ。ドアは……」

ドアノブに手を掛けようとした瞬間、扉が奥向きに開かれた。

「ひゃいっ!?」

「あら良かったわ、起きたのね。貴女の上司さんが下の階で心配してるわよ」

そこには、水瓶を手に持った黒髪の婦人が佇《たたず》んでいた。

「ど、どなたですの……？」

後退りしながら胸に両手を当てるエリザベスの姿を見て、幸薄そうな笑みを浮かべる婦人。

「夫……いえクリスが、お世話になったと聞いています。妻のマリア・ハリソンです」

「マ、マリア……!?」

マリア・ハリソン。その名前を聞いて、今までボヤけていた頭の中が一気に活性化される。

そして今まで必死に頭の中で考えていた謝罪の言葉の数々が、思考を待たずして、反射的に口から飛び出した。

「申し訳ありません！　私を！　私なんかを庇《かば》ったばかりに貴女の旦那様が……何と謝れば良いのか……取り返しのつかない事を――！」

エリザベスは下着姿のままに土下座の姿勢を取ると、頭を擦り付ける様にして謝り倒した。

「まぁまぁ、取り敢えず服を着ましょうね？　話はそれからでも遅くはないわよ？」

エリザベスが着ていた軍服を手に持つと、マリアはエリザベスの肩をぽんぽんと叩いた。

「ごめんなさい……！　ごめんなさい……！」

心の準備が全く整っていない状態で、相対するのに最も勇気が要る人物と鉢合わせしてしまい、エリザベスはすっかり憔悴《しょうすい》してしまっていた。

「ほらほら、丸まったままだと服が着れないわよ？」

マリアはお構いなしにエリザベスの服を広げながら、ニッコリと笑った。

「うぅ……」

顔を上げて、恐る恐る彼女の表情を窺うと、そこには確かに、何の敵意もない微笑を浮かべるマリアの姿があった。

無言で両腕を広げて、マリアの着付けを受けるエリザベス。かつては純白だった灰色のブラウスのボタンを留め、泥と砂がこびり付いたブリーチズボンを穿《は》き、所々が断裂したソックスに足を入れ、端がほつれたクラヴァットを締め、最後に煤《すす》の臭いが染み付いたロングコートを羽織った。

「この様なお見苦しい姿で、申し訳ございませんわ」

「あら、とても似合ってるわよ？」

「お気遣い、ありがとうございますわ」

気は遣ってないわよ、と階下を指差しながら手をこまねくマリア。

「命懸けで国を守った軍人に相応《ふさわ》しい、名誉の汚れよ」

マリアに続いて階段を降りる。半分程度降りてきた所で、ダイニングテーブルに着いていたフレデリカと目が合った。

「エリザベス！　良かった！　落馬した時はどうなる事かと……！」

フレデリカがエリザベスの頭をぎゅっと抱き締めながら、安堵の言葉を漏らした。

「ハリソン夫人、改めて感謝申し上げます」

「夫が命を賭《と》して守ろうとした方ですもの。私が助けない理由がありません」

簡素な木椅子に座りながら、マリアが髪を後ろで結う。彼女の髪飾りがシャラシャラと音を立てる。

「事の顛末や弔慰金《ちょういきん》の事も含めて、私から話すべき事は話したよ」

フレデリカが、隣に座ったエリザベスへ語り掛ける。

「君からご婦人に、何か言いたい事はあるかい？」

俯き加減で、マリアを見る。

未だに延々と悩んではいたが、先ずは助けてくれた感謝を述べようと決心した。

「……リヴァンでは旦那様に、タルウィタでは奥様に助けられましたわ。今ここに私の命があるのは、他でも無いハリソンご夫妻のお陰ですわ。その恩返しの意味も込めて、旦那様から託されたこの品を受け取って頂きたいですわ」

クリスから受け取った指輪を取り出し、テーブルの上に置く。

「あぁ、まあ……！」

マリアが、震える声で指輪を手に取る。

「ずっと身に付けていてくれたのね……」

押し殺す様に、小さな嗚咽《おえつ》を漏らしながら指輪を眺める。

「ありがとう。これで私の本当の名前を忘れずに済むわ」

鼻声混じりに、彼女は礼を述べた。

「本当の、名前？」

マリアは無言で、指輪の内側に刻まれた文字を見せる。そこには、マグダレナという名前が彫られていた。

「マグダレナ……ヴラジド系の名前ですわね……？」

「その通りです、これが私の本当の名前です」

彼女は胸に手を当てて、もう一度自己紹介をするかのように会釈をした。

「ヴラジド人、だったんですのね」

「ええ、もう昔の事ですが……」

二人を見ているようで、どこか別の遠くを見ているような不思議な目付きで、ぽつぽつとマリアは話し始めた。

「二十年前……私達の大公国が戦争に負けた時、ノールの支配を受け入れた人、ノール国内で抵抗を続けた人、国外に逃げた人……沢山のヴラジド人が散り散りになりました。私は真冬の国境峠を越えて、そのままパルマに流れ着きました」

その時に夫と出会ったのよ、と左手の薬指に嵌《は》めた指輪を見せる。

「なぜ、名前を変えたのですか？」

「当時は、難民として食《く》い扶持《ぶち》に困ったヴラジド人が悪さを働く事が多かったので。ヴラジド人の名前を持つこと自体、世間体が悪かったのです……夫は最後まで名前を変える事に反対していましたが」

「なるほど……せめて忘れないようにと、クリス少尉は指輪に貴女の名前を刻んだのでしょう」

机の端に置いた制帽を所在なさげに撫でながら、フレデリカが述べる。

良き軍人とは、良き父が、良き夫が、良き市民が成れるものである。クリス・ハリソンは、良き夫であるが故に良き軍人だったのだろう。

「私からも、一つ質問して宜しいでしょうか？　風の噂《うわさ》で聞いた限りなので、真偽の程はわからないのですが……」

「はい、我々に答えられる範囲で良ければ答えましょう」

エリザベスと一瞬顔を見合わせた後、フレデリカは左手を差し出して答えた。

「ノール軍の中には、大公国の有翼騎兵《フッサリア》も加わっていると聞いています。同じヴラジド人として、誰が何の為に率いているのか……個人的に気になっているのです」

「有翼騎兵《フッサリア》がノール軍に従軍している意図は不明ですが、指揮官の名は判明しております。オルジフ・モラビエッツスキという者です。恐らく、貴族《シュラフタ》の末裔《まつえい》かと」

「オルジフ・モラビエッツスキ……？　それは、本当なのですか⁉」

マリアが驚きの表情を浮かべながら身を乗り出す。

「あ奴をご存知なのですか？」

「は、はい……。先程、敗戦後も大公国領内で抵抗を続けた人々がいると申しましたが、その抵抗組織を纏め上げていたのがオルジフ男爵です。彼は大公国時代、野戦指揮官《ヘトマン》という軍の要職に就いておりましたから、当時のノール軍も鎮圧に大分手を焼いたそうでして……」

「なんと！　有力な情報、有難うございます！」

思わぬ所で敵有翼騎兵《フッサリア》に関する情報が手に入ったことにより、フレデリカの口調が明るくなる。

「い、いえ、本当に私の知っているオルジフ男爵なのか確証は持てませんから。当時で既に齢《よわい》四十を超えていた筈なので、もし今でも指揮官職を続けているのだとしたら、六十は軽く超えている計算になりますよ？」

「貴女にとっては複雑な心境かとは思いますが、小官は一度、戦場でオルジフ男爵と刃を交えた経験があります。あの老練された技量と指揮……野戦指揮官《ヘトマン》の手腕だと言われれば合点が行きます」

フレデリカは納得がいっている顔をしているが、それでもマリアの方は、どうも腑《ふ》に落ちない顔をしている。

「ハリソン御夫人はどうお考えですの？　そのオルジフ男爵とやらは、かつての敵に対して膝を折る様な人物なのでしょうか？」

「……いえ、そうとは思えません」

マリアは短く首を横に振った。

「彼は緒戦から敗戦まで、ノールに対する徹底抗戦を主張しておりました。敗戦後も大公国の復活を掲げて、幾度も蜂起を繰り返していたと聞いています。確かに二十年という歳月は、人の心を変えるに足る時間の長さだとは思いますが、それでも彼がノールの軍門に降るとは考えられないのです。むしろ何か策があって、敢えてノールと行動を共にしていると考えた方がしっくり来ます」

元とは言えど、商人であるエリザベスの目から見てマリアが嘘を言っている様には見えなかった。むしろ、オルジフに対する信仰の念すら感じさせる程に、彼女の瞳は強く光っていた。

「承知いたしました、貴重なご意見、有難うございます」

フレデリカが制帽を被り直し、そろそろ退散する時間であることをマリアへと暗に示す。それを察したマリアは戸口に向かうと、無言で見送りに立った。

フレデリカに続いて、マリアの横を通り過ぎようとしたエリザベスが、不意に足を止めて、マリアへと向き直った。

「……ご子息殿も、旦那様も、戦禍による永訣《えいけつ》の別れとなってしまった事……差し上げる言葉もございません」

マリアの両手を握りしめながら、一つ一つ、言葉を選んでいくエリザベス。

気休めであろうと。

詮無《せんな》き言葉であろうと。

自己満足だと蔑まれようと。

それでも言わなければならないと思ったのだ。

「かくなる上は、その命を無為にせんが為、必ずやパルマを奪還してみせます。白鉛《はくえん》の街に金葉《きんよう》の旗が翻《ひるがえ》るその時まで、どうか、どうか耐えて頂きたく……」

このままだと、彼女は自ら命を絶ってしまいそうだったから。

何とかして、生きる目的を与えたかったのだ。

「心強いお言葉、ありがとう。エリザベスちゃんもご武運を。そして……」

エリザベスの頭を優しく撫でながら、最初に会った時と同じ様にニッコリと笑うマリア。

「夫の為にも、必ず生きて帰ってきてね。ここで待ってますから」

フレデリカは二人が抱き合うその様子を、黙って見つめていた。

◆

「……一つの死に対して、あまりにも深入りするのは良くないぞ」

ハリソン家を後にした二人は、タルウィタ近郊の連邦軍兵舎へと向かっていた。

「一つの、死？」

道中、無言で馬を駆っていたフレデリカが、突如エリザベスに忠告を促した。

「そう、一つの死」

彼女は振り返らずに相槌を打った。

「戦時において死は普遍的な物だ。ふとした拍子に、誰に対しても起こり得る物だ。それ故に、死への向き合い方も平時とは変える必要がある。軍人であるならば、尚更だ」

「どういう意味ですの？」

フレデリカの言う事が理解できない。

「人の死に対して、そこまで真摯に向き合う必要は無い、という事だよ」

それは、クリスの死をないがしろにするのと同義ではないのか。

「嫌ですわ」

「そう言いたくなる気持ちは分かる。しかし、一人の死を等身大のまま受け入れていたら、いつか君の心が――」

「絶対に嫌ですわッ！　死人にすら敬意を払えなくなったら、人間として終わりですわ！　大尉殿は、軍人になる為には人間であることを諦めろと仰るんですの⁉」

フレデリカの背中に向かって、助けられなかった人達への悔しさを諸共に叩きつけた。

「そうか……分かった。だがせめて、覚悟だけはしておいてくれないか？　私からのお願いだ」

フレデリカのお願いに対して、エリザベスは何も答える事無く黙っている。

「いつかの時に、部下の名前を覚えるべきだと話した事があっただろう？」

押し黙ってしまったエリザベスを気遣ってか、彼女の声色が少し和らぐ。

「あれは勿論《もちろん》、指揮統率力を高める為でもあるんだが、もう一つ、重要な意義があるんだ」

そう言うとフレデリカは、次々に人の名前を諳《そら》んじる。

「ヴィンセント・バトラー。ティム・ジョーンズ。リー・サムラル。ドリュー・グレイス。ヘイズ・スター。ノーラン・プレウス。カーク・パルトロー。グラント・タルボット。チャールズ・ヴァレンタイン……これらが誰の名前なのか、分かるかい？」

どれもエリザベスにとって覚えのない名前だ。聞いたこともない。

「……分かりませんわ」

「そう、君が知らなくても無理は無い。だが、彼らは皆、君を良く知っていたと思うよ」

そこまで言うと、フレデリカは一呼吸置いて、その答えを発した。

「彼らは皆、パルマ軽騎兵中隊の第一騎兵小隊に所属していた」

その言葉に、エリザベスは一気に喉を詰まらせる。

自分達を救う為に、笑って死地に向かった彼らの顔がフラッシュバックする。つい先程、分からないと一蹴した自分自身に対して、巨大な嫌悪感が膨れ上がる。

「私は……！　一体、誰に謝ればいいの……!?　どうすれば許してくれるの……!?」

罪悪感と自責の念が喉元に迫り、それが嗚咽と涙となって外へ漏れ出した。

「君が今苦しいと感じているのは、彼らの死を等身大で受け止めようとしているからだ。まず、その重荷を下ろすべきだ」

「じゃあどうすればいいの!?　私には忘れる事も！　受け止め切る事も出来ないのよ！　どうすればいいのよ!?」

苦痛に耐えかねて、エリザベスは心の底から泣き叫んだ。彼女が意地と執念で保持していた矜持の柱が、たった今音を立てて崩れて行く。

フレデリカは無言で馬の速度を緩め、エリザベスの横に並んだ。

「……受け取るのは名前だけにしておきなさい。気持ちは置いていきなさい。死んでいった者達から受け継ぐべき物は、名前だけで十分だ」

「名前……？」

よしよしと、フレデリカは泣きじゃくるエリザベスの頭を撫でた。

「そうだ。彼らの思いを全て汲《く》み取《と》ることは出来ないが、せめて名前だけでも覚えていれば、彼らが確かに存在したという証になる。部下の名前を覚えるのは、彼らが死んだ時に、私だけでも覚えていられるようにする為だ」

一部の高級将校を除いて、普通の兵士達はまともな墓すら作られる事は稀《まれ》である。野戦で命を落とした兵士は戦場漁りの農民に辱《はずかし》められるか、そうでなければ火葬され、風化していくのみである。

「慮《おもんぱか》るな、しかして記憶しろ。オーランド連邦で士官を目指す者なら誰でも知っている標語だよ。辛いだろうが、君も指揮官としての覚悟を持つべき時が来たんだ」

「慮るな、しかして記憶しろ……」

途切れ途切れになりながらも、標語を繰り返す。

指揮官になる為には、味方の損害を割り切らなければならない。リスクを許容しなければならない。見殺しにする選択も時にはせねばならない。

とうとう、その覚悟を決める時が来たのだ。

「私の、私の夢は……！」

軍団長という単語が、今までとは比べ物にならないほどに重く感じる。一体、何人の命を抱える事になるのだろうか。

しかしそれでも、他でも無いこの私が決めた、どうしても諦めきれない、ただ一つの夢なのだ。

「私の夢は軍団長になること……！　絶対に、絶対に諦めないわ……！　その為なら……勝つ為にそ

の思考が必要というのなら、受け入れてみせますわ！」
それは、彼女が士官候補から、本物の士官となった瞬間だった。

第五章：ランドルフ家の遺産 ―タルウィタ―

第三十九話：大砲を求めて

「……なんでアンタが来るのよ」

「先任に向かってアンタとはなんだ。イーデン中尉殿が急用で来られなくなったんだから仕方ないだろ」

ふくれっ面をしたエリザベスと、顰《しか》めっ面をしたオズワルドが、タルウィタの職人街を並んで歩いている。

二人の両肩に付けられた階級章《エポレット》には、少尉を表すモールと一本線が追加されていた。

「同時に少尉に昇進したんだから、もう先輩も後輩も無いでしょ。これからは対等にいきましょうよ対等に」

「昇進したからといって今までの軍歴が無くなった訳じゃないぞ？　俺は士官学校での二年間分、お前より軍歴が長い！」

オズワルドが胸を張って、自分の方が優位であること示す。

「士官学校での在籍は軍歴に含まれないでしょうに。配属後の従軍経験こそが軍歴よ！」

負けじとエリザベスも慎ましい胸を張って優位を示し返す。

「士官学校も軍歴に含まれるだろ！」

「含まれないわ！」

「含まれる！」

「含まれない！」

「含まれる！　あ！　行き過ぎた！」

言い合いがヒートアップしていた所為で、目当ての建物を通り過ぎていたことに気付くオズワルド。

「……中尉殿が言うには、どうやらここみたいだぞ」

後ろ歩きをしながら彼が指差す先には、鋳物師職人組合の看板がぶら下げられた建物があった。

「本当にここなの？」

「看板にはそう書いてあるから、多分間違いは無いだろう」

自信なさげにオズワルドが言うのも無理はない。

営業しているのかしていないのか、外観からでは殆ど分からない程に閑散としており、人の声も、金床《かなどこ》にハンマーを打ち付ける音も聞こえてこないのである。

「あんまり繁盛してなさそうね。言われてみればオーランド製の鋳造品なんて、ラーダ市場でもあんまり見た事なかったかも……」

商人時代の記憶を辿りながら、オーランド製の鋳物《いもの》について心当たりを探る。

現代の鋳造品として最も有名な物と言えば教会の鐘である。しかしオーランドの職人が作った鐘の噂など、てんで聞いた事もない。大砲に関しても、大方ラーダ王国製かノール帝国製である事が殆どである。

「もしや、オーランドの鋳物師ってあんまり腕が宜しくないのでは……？」

一抹の不安を抱えるエリザベスをよそに、オズワルドは半開きになっていた扉を開け放した。

エリザベスも後から入ってみると、強盗に荒らされた後の様な風景が広がっていた。床に散らばった青銅製の鉄輪や、壁にもたれる様に並べられた真鍮製の筒の数々。鋳型《いがた》として使う粘土特有の鼻につく臭いや、冷えた鋳鉄が内側にへばりついた鍋。確かに鋳造を行う者の住処《すみか》ではあったが、この薄暗さと荒れ様では、碌に依頼も入っていないのであろう。

「誰かおらんか!?　連邦軍少尉のオズワルド・スヴェンソンだ！　鋳物師組合に依頼を申し込みたい！」

こういった場所ではむしろ心強い、オズワルドの大声が響く。その残響音が聞こえ無くなると同時に、部屋の奥から立派な金髪顎鬚を蓄えた老人が顔を出した。髪の毛と口髭が一繋《ひとつな》がりになっており、まるでライオンの鬣《たてがみ》の様相である。

「軍人が何の用だ？　銃でも作って欲しいのか？」

老人は殆ど口を動かさずに、喉元からしわがれた声を漏らした。

「いいえ、作って欲しいのは大砲ですの……申し遅れました、わたくし、同じく連邦軍少尉のエリザベス・カロネードと申しますわ」

「大砲だぁ？　……いや、待て、カロネード？」

オズワルドの名乗りには全く反応を示さなかった老人が、エリザベスの名前には興味を示した。

「お前、カロネード商会の関係者か？」

商売敵の名を耳にした老人の目が、薄暗がりの中で鋭く光る。

「関係ありませんわ。偶然の一致ですわ」

「あれ？　でもお前って商会の――痛ッてェ！」

自分の正体をバラそうとしたオズワルドの足を軍靴《ぐんか》の踵《かかと》で踏みつける。一度商売敵として認識されてしまったら最後、依頼そのものを受けて貰えなくなってしまう。職人のグループは得てして排他的なのだ。

「まぁいい。どちらにせよ、ウチは大砲や鐘みたいなデカい代物は扱ってない。小さい鋳型しか無えんだ。他所《よそ》の国……それこそカロネード商会なんかをあたってくれ」

鼻で笑いながらそっぽを向くと、老人はまた部屋の奥へと引っ込んでいった。

「ま、まってくれ！　話を聞いてくれ！　国防の規定上、我々は連邦国内の鋳物師からしか大砲を買えないんだ！　何とか検討してくれないか？」

オズワルドが踏まれてない方の足を一歩踏み出しながら嘆願する。老人は、心底面倒臭そうに溜息を吐《つ》いた。

「……大砲ってのは中身が空洞だろう？　中身が空洞な鋳物を作る時には、本体の鋳型とは別に、中空部を埋める為の中子《なかご》っちゅう名前の鋳型も必要なんだ」

老人はその辺に落ちていた鉄の棒を拾うと、床にガリガリと大砲に見立てた円柱を描く。続いて今度は円柱の中に、砲身内部に見立てた細い四角形を描いた。

「この細長い長方形が中子になる部分だ。お前ら若造も薄々気付いていると思うが、中子の出来が大砲の精度に大きく関わってくる。中子の形が、そのまま砲身内部の形状になる訳だからな。教会の鐘なんかとは鋳造難易度が段違いなんだよ」

宙に舞った埃《ほこり》を吸い込んだのか、老人は言い切った後に細かく咳き込んだ。

「作れないと言う割には、大砲の構造については良くご存知ですのね？」

辺りに散らばった部品達をしげしげと眺めながら、エリザベスは尋ねた。

「……話し過ぎたな。さぁ帰った帰った」

持っていた鉄棒を放り出すと、老人はしっしっと手で払いのける仕草を見せた。ガラガラと部屋の中を転がる鉄棒の音を背に聞きながら、二人は鋳物師の住処を後にした。

◆

「……どうするよ？」

「どうするも何も、タルウィタの鋳物師組合はあそこにしか無いんだから、あのお爺様に頼むしかないでしょ」

パン屋のテラス席でモソモソと黒パンを食べながら、エリザベスはオズワルドと作戦会議をしていた。

「いやだから、そもそも大砲は取り扱ってないって話だったろ？」

「そう？　少なくとも、取り扱おうとした形跡はあったけど」

「形跡？」

エリザベスとは対照的にガツガツと黒パンを食べながら、肘突き姿勢のオズワルドが尋ねる。

「床に転がってた鉄輪は、砲身を補強する為に使う帯状金具だし、立て掛けてあった真鍮の筒は多分砲身の失敗作だと思うわ」

「じゃあ何で取り扱ってないだなんて……」

「十中八九、職人としての矜持《プライド》でしょうね。自分の技術不足で作れませんでしたなんて、職人の口からは滅多に出てこないわ」

エリザベスは千切った黒パンの欠片《かけら》達を、皿の上で横一線に並べて遊んでいる。

「私の勝手な所感だけど、あの口振りから察するに、技術的な課題はあるけど鋳造不可能って程では無いと思うわ。ちゃんと頼めば対応してくれる可能性は全然あるわよ？」

「頼むっつったって、あの鉄頭ジジイが聞く耳を持ってくれるとは到底考えられんのだが……」

「職人の中では大分話しやすい性格してると思うけど」

「はぁ？　あの偏屈さで⁉」

そうよ？　とスツールを前後にギィギィ言わせて遊びながらエリザベスは答える。

「職人は口じゃなくて腕前で話す人種よ。最近はよく喋《しゃべ》る職人さんも増えて来たとは思うけど、やっぱり無口な人が多いわね。話してくれるだけ有難いと思った方が良いかもね」

「商人時代の経験か？　職人事情に詳しいな」

「そりゃ商人なんだから職人の事は良く知ってるわよ。二人三脚でお互いの生計を立ててる様なものだから、相方の機嫌を損ねると共倒れしちゃうわ」

「なるほど……ん？　まてよ」

オズワルドは手に持っていた黒パンを皿に置くと、まるで妙案を思いついたかの様にエリザベスを指差した。

「職人の機嫌を損ねない様にしてたって事は、逆に言えば職人の機嫌を取る方法も知ってるって事だよな？」

「な、何よ急に」

「大商人令嬢たるエリザベス殿のお力で、何とかあのジジイの心を開いてくれぃ～」

ははーっ、と彼は両手をテーブルの上に置いて頭を下げる。面倒だからお前がやってくれ、と言いたい様だ。

「はぁ、まぁ良いけど。その代わり、コロンフィラから人を呼んで来てくれない？」

「おっし、恩に着るぜ！　人を呼んでくる位お安い御用だ！　……で、誰を呼ぶんだ？」

オズワルドが手を叩いてガッツポーズしながら尋ねる。

「ああいう職人と仲良くなるには、その業界に明るい人をあてがうのが一番よ。身内には甘いタイプの人が多いから」

誰を連れてくるのか、エリザベスは勿体ぶる様な論調で話す。

「詳しい人？　鋳造……というか大砲の製造に詳しい人間がコロンフィラに居るのか！　いつの間にそんな人脈を広げてたんだ!?」

「あ、ちなみに貴方も良く知ってる子よ」

「え？　共通の知人……？　俺とベスが知ってて、大砲に詳しい……あっ」

五日後。

オズワルドに連行される形で、エレンがタルウィタに到着した。

第四十話：燻る毛玉

「ねぇねぇスヴェンソンさん、どこに連れてってくれるの～？」

「もう少しであります。そこの角を曲がれば着くので」

昼ご飯を馳走してもらい、ご満悦な様子のエレンがオズワルドの後に続く。

「……ご飯奢《おご》ってくれたのは素直にありがとうだけど、お礼として頼み事を聞くかどうかは別問題だからね～？」

何やら頼み事があると気付いたエレンが、オズワルドの背中から少し距離をとる。

「頼み事があるのは事実ですが、恐らく毛玉殿にとっても実のあるお話です！　そこは小官が保証致します！」

「え～？　あやしい～！」

真っ直ぐ目的地へと歩みを進めるオズワルドと、左右にフラフラと蛇行しながら歩みを進めるエレン。疑似餌《ぎじえ》を注意深く観察する魚のようである。

「あら、案外早かったわね。苦戦するかと思ったけど」

今にも外れそうな、鋳物師職人組合の看板を眺めていたエリザベスが振り向いた。

「苦戦する要素なんて無かったぞ。昼飯奢ったら快く付いてきてくれたぞ？」

「あー、ご飯奢っちゃったのね。その子に一度奢ったら最後、事あるごとに集《たか》られる様になるわよ」

「げ……マジか」

「んふふふ～っ！」

オズワルドの後ろで、エレンが不敵な笑みを浮かべる。

「それでそれで？　お願い事ってなに～？」

「コレよ、コレ」

エリザベスが、自身の後ろに横たわる建物を指差す。

「オーランドの鋳物師組合～？　にしてもめっちゃボロいね！　ラーダのとは大違い――」

慌ててオズワルドが彼女の口を押さえる。

「しーっ！　……毛玉殿も把握している通り、臨時カノン砲兵団には一門の砲も残っていないのです。なんとかここの親方を説得しなくてはならないのです……！」

「なんで私に頼むのさ～？　お姉ちゃん達が頼めばいいじゃん～」

「もう頼んだわよ。そんで門前払いされたわ」

すると、後ろ手に隠し持っていた紙ロールをエレンに見せつけるエリザベス。

「大砲好きのアンタなら、ここの親方さんとも話が合うと思ってね」

「うぇぇ……持ってきたのバレてた？」

「もう少し上手く隠しなさいな。相変わらず嘘が下手っぴね」

エリザベスから紙ロールを受け取るエレン。オズワルドが中身を覗き込んでみると、そこには大砲の図面が引かれていた。砲身、砲架、砲脚、前車。その全てが詳細な縮尺と共に記載されている。

「これは、毛玉殿が図面を引かれたのですか……？」

オズワルドが、図面とエレンの横顔を繰り返し交互に見やる。

「うん、現物はまだ一度も作った事ないけどね～」

「な、なんと……！　で、であれば最初から毛玉殿に作って貰えば良いのでは!?」

「おバカね！　オーランドの鋳物師に作ってもらうって条件だったでしょうがッ！」

彼の本末転倒な発言に、思わず突っ込みを入れる。

オーランド砲兵隊の新造大砲は、国内技師による国産とする。

これが、砲兵向け予算執行の為に課せられた条件である。この様な条件が設けられたのは、国防上の観点からという理由も勿論ある。しかし最も大きな理由は別の所にあった。

「わーッてるよ！　国産じゃないとタルウィタ中央銀行の融資認可が下りないんだろ？　オスカー・サリバンのジジイ、傍迷惑《はためいわく》な条件を付けてきやがって……」

各々の所領において、連邦軍召集の義務を課せられた連邦領主達は、当然の帰結として己の金庫から戦費を用立てる運びとなった。しかし、実際に金庫から戦費を用立てる事が出来たのは、半数程度の領主に過ぎなかった。言い換えれば、残り半数の領主はタルウィタ中央銀行――つまりサリバン家からの融資に頼らざるを得ない財政状況だったのである。

「まぁ、融通が利《き》かないオジジだとは思うけど。貸付において融資条件が付帯されるのは良くある事よ。むしろ、戦費の積立てすら碌にしてないおバカ領主達の方に文句を言いたいわよ……」

連邦軍編成の決議が下りた瞬間、動員に係る戦費が天から降ってくる訳でもない。領主達の懐事情に引き摺られる形で、現状のオーランド連邦軍全体が戦費不足に陥っていた。

「だけどよ、パルマ女伯にまで融資条件を加えるなんて余りに無情じゃないか？　戦費の積立てもしてないアホ領主共はともかくとして……」

「ソレに限って言えば、オスカー・サリバンの嫌がらせでしょうね。身内で足の引っ張り合いしてる場合じゃないってのは私も同感よ。ただ今の世の中、その辺の貴族よりも金貸しの方がよっぽど強いから……」

うんざりした表情でエリザベスが溜息を吐く。

現代において金銭の多寡《たか》とは、絶対身分の高壁をも超越する飛び道具的な役割を持つ。

債権者と債務者という関係は、貴族と平民という身分をも超越するのである。

「ねぇねぇ、結局わたしにどうして欲しいのさ？　二人でお話進めないでよ～！」

呼ばれて来た身であるにもかかわらず、会話の輪から外されていたエレンが不満の声を漏らす。

「あぁすいません毛玉殿……えー、先程も少し伝えましたが、ここの鋳物師組合の親方に大砲を作って頂く必要があるのです。ただ当人が中々に気難しい御仁でして……ついてはその説得を毛玉殿にお願いしたく……！」

「職人は部外者に対しては厳しいけど、同胞に対しては警戒心が緩いわ！　大砲に詳しいアナタなら、あの頑固親父にも取り入れるかも知れないの！」

エリザベスはエレンの両肩に手を添えると、最後の決め手となる一言を添えた。

「アナタが描いた設計図《これ》……作ってみたいからこそ持ってきたんでしょ？　なら、今がそのチャンスよ？」

二人の視線と懇願を一身に受け、金髪癖髪を更にくしゃくしゃにするエレン。毛玉らしさに更なる磨きが掛かる。

「うー、あぅぅ……」

エレンは、自分が図面を引いた大砲の設計図をじっと見つめている。

姉であるエリザベスには分かっていた。彼女がどういう気持ちで、この設計図を馬車に忍び込ませたのかを。

「う、うぃ！　大砲が作れるんなら、や、やってみる……！」

妹が、鋳物師組合の敷居を跨《また》ぐ決意を固めたのを見て微笑《ほほえ》む。

己の中に燻《くすぶ》る野望を持っているのは、なにもエリザベスだけでは無いのだ。

◆

数日後の早朝。

「…………」

その老人はいつものように、薄暗い工房の中に腰を下ろし、鋳型を作っていた。

調理器具や農具を模した木の模型を用意し、その周りに鋳型となる粘土を塗り固めて行く。下半分の型取りが終わったら、ひっくり返して上半分の型取りを行う。最後に二つのパーツを組み合わせれば、晴れて鋳型の完成である。

「……チッ」

老人の短い舌打ちが部屋に響く。言葉に直すと簡単ではあるが、当然ながら鋳型の成形には熟練した腕が必要である。そして熟練した腕があったとしても、満足の行く鋳型を作るまでには幾つもの失敗作を越えなければならない。老人は、何度目かも分からぬ失敗作を前に、何度目かも分からぬ舌打ちを漏らしたのである。

しかし今回の失敗に限って言えば、当人の腕とは全く別の原因があった。

老人は作業をしていた手を休め、分厚い嵌め込み窓へと目を向ける。彼がイマイチ鋳型作りに集中出来ない理由が、窓の外から顔を覗かせていたのである。

数日前から、自分の仕事場を覗き込んでくる謎の金髪少女がいるのだ。最初は商売敵かと思ったが、特に技を盗もうとする素振りは見せず、ひたすら此方の様子を窺っているのみである。むしろ、話し掛けられるのを待っているかの様な素振りだ。彼女は毎日外から仕事場を覗き込みにきては、無言で去っていく。その意図の不明さが、彼の集中力を奪っていたのだ。

「全く……」

重い腰を上げ、入り口の扉を開け放つ老人。少女は慌てて物陰に隠れたが、長い癖毛のブロンドが盛大に物陰からはみ出ている。

「小娘、何の用だ？」

「……あはは～」

物陰から謎の金髪少女。つまりエレンが恥ずかしそうに顔を出した。

「何日も前から俺の仕事場の前をウロウロしおってからに、気が散って敵わん。用か仕事があるならさっさと言え」

「ごめんなさーい！　話し掛けようとしたんだけど、話し掛けられるような雰囲気じゃなかったから〜」

エレンは老人へと近付きながら頭を下げた。

「……まぁいい、用件は何だ？」

話し掛けられたくない雰囲気を作っていたのは事実である為か、老人はその部分を不問に付しながら尋ねた。

「ちょっとお爺さんの仕事ぶりを見てみたいの！　邪魔はしないから見学させてほしいな〜」

「弟子は採ってない」

「あ、違うの。見せてくれればそれでいいの〜」

怪しすぎる発言ではあったが、唯の物好きな町娘である可能性も捨てきれず、老人は厳《いか》つい顔で腕組みを始める。

「……何日も通い詰める程度には興味がある事は認めてやる。だがお前の素性が分からん事には、仕事場に入れてやる事は出来ん。名前は？」

「エレン・カロ……グ、グリボーバル！　エレン・グリボーバルだよ」

カロネード姓を名乗るとエリザベスとの関係がバレてしまう可能性がある為、エレンは旧姓を名乗る事にした。嘘は言っていない。

「グリボーバル？　お前、ノール人か？」

「半分だけだよ。もう半分はラーダ人だよ」

「……ノールとラーダのハーフか」

老人はしばし考える素振りを見せた後、エレンに背を向けて工房内へと戻っていく。

「あー待ってお爺さん！　本当に邪魔しないから！　お願い！」

エレンは老人の前に回り込み、今一度手を合わせてお願いする。彼は大きく溜息を吐くと、工房隅の椅子を指差した。

「見るな、とは言わん。ただ邪魔はするな、わかったな？」

「本当!?　わーい！　ありがとうお爺さん！」

「あともう一つ、言っておくことがある」

跳ね回って喜ぶエレンへと釘を刺すように、彼は言葉を加えた。

「……ヨハン・マリッツだ。お爺さんじゃねぇ」

そう言うと、老人は手に持っていた金槌の持ち手をエレンに見せる。そこには、同名の作者名が彫られていた。

「わかったー！　よろしくねヨハンお爺さん！」

だからお爺さんと呼ぶな、と言おうとしたヨハンの脇を素早く通り過ぎると、エレンは工房の中へ突入していった。

◆

「そんなに上手くいくモンかねぇ？」

「エレンは私なんかより、よっぽど人当たりの良い性格してるわ。少なくともあのお爺さんに対して悪い印象は与えないと思うわよ」

エレンをヨハンの元へ送り出してから数日後、オズワルドとエリザベスの元に、無事彼女が工房内に入る事を許された旨の報告が届けられた。

「んで、この後はどうするんだ？　結局の所、大砲を作ってもらえる様に説得するって点は変わらないだろ？　じゃなきゃ俺達、大砲無しで戦う羽目になっちまう」

何一つとして集積されていない大砲集積所の有様を指差しながら、オズワルドが尋ねる。

先日、タルウィタ近郊の兵舎へと根拠地を移した臨時カノン砲兵団の面々は、リヴァン退却戦で全損した兵器及び装備の再補給に追われていた。

砲身、砲架、前車、弾薬、弾薬車、曳《ひ》き馬、装填具。砲兵として必要とされる殆どの装備を破棄していた為、臨時カノン砲兵団は、砲兵とは名ばかりの少数歩兵部隊と成り果てていた。

「そうね、まずはあの鋳物師組合長……ヨハン・マリッツお爺様のやる気を取り戻してあげる事が大事ね。あれだけの大砲の失敗作が並んでたって事は、裏を返せばそれだけ情熱を注いでた時期があったって事よ。何とかその時の情熱を復活させてあげる事が出来れば、行けそうね」

「その何とかの部分にアテはあるのか？」

「無いわよ」

その言葉にオズワルドはガクッと肩を落とす。

「こればっかりはエレンの手腕に期待するしか無いんだから仕方ないでしょ。アナタの方から一任してきたんだから、今更方法に文句を付けるのはナシよ？」

「流石にそのくらいは弁えてるよ……毛玉パワーに期待だな」

オズワルドのその言葉を最後に、二人は兵舎の壁に背中を預けたまま、黙り込んだ。

二人の眼前に広がる兵舎前広場では、つい先ほど編成されたばかりのオーランド兵達が、覚束《おぼつか》無い足取りで行進を披露している。

「……士官の数がやけに少ないわね」

士官は通常、兵階級と区別する為に、肩や袖に視認性の高い階級章《エポレット》を付けている。しかしエリザベスがざっと見回した限りでは、それらしい人物は殆ど見当たらなかった。

「職業軍人が居ない弊害だよ」

独り言を聞き取ったオズワルドが答える。

「兵階級は徴兵さえすればまぁ、数は用意できるが、士官はそう簡単に集められないからな。正規軍編成！　って叫んだ所で、士官がその辺からワラワラ生えてくる訳でもあるまいし」

短く笑うと、彼は単眼鏡で新兵達の顔色を観察し始めた。

「それ、前にも大尉殿から聞いた気がするけど、そんなにオーランド軍って士官不足なの？」

「全然居ないぞ。連邦士官学校時代の俺の同期が確か……全部で三十人とかだったかな」

「三十!?」

あまりの士官候補生の少なさに、エリザベスは素っ頓狂な声を上げた。

「そんな輩出数で各部隊内の士官定数を充足出来るの……？」

「平時は常備軍の規模も小さいからな。ギリギリ何とか定数を維持出来てたんだが……今は見ての通りだ」

眼前で訓練に励む、殆ど兵階級しか見当たらない歩兵大隊を指差しながら、乾いた笑いを漏らすオズワルド。

士官の充足率は、そのまま軍隊の柔軟性に直結する重大な指標である。士官、特に前線で指揮を行う尉官の数が不足すると、部隊間での相互援護や、小隊毎の前進命令といった、複雑で柔軟な機動が不可能となってしまう。もっと平たく言えば、部隊全員での前進、停止、射撃といった、極めて単純で硬直化した行動しか取れなくなってしまうのが、士官不足の最も致命的な点である。

「逆に、お前ん所のラーダにはどれくらい居たんだよ？　そっちにも王立士官学校ってのがあったろ？」

「王立士官学校には、全部で七百人位は居た筈よ。七ヶ年制だから、毎年百人くらいが少尉として部隊に配属される計算ね」

「そっちは七ヶ年もやるのか。ウチは三ヶ年だから、割と速成コースだな」

「三ヶ年って事は、在籍生徒全員合わせても百人行かないって事よね？　何でそんなに人が集まらないのよ？」

頭に被っていた三角帽子《トリコーン》を指でクルクル回しながらエリザベスが尋ねる。

「単純に人気が無いってのもあるが、士官学校の入校条件が厳しいってのもある。読み書き計算が出来ないと、入校すら認めて貰えないからな」

「うっわ厳しいわね……。普通、その辺は入学してから学ぶものなんじゃないの？」

「その辺の部分を教える人も予算も無いんだ。連邦士官学校は連邦諸侯からの共同出資で成り立ってるから、予算を増やすのも色々と課題があって難しいらしい――」

二人の会話の背後で、中央広場が喧騒に包まれる。

目を向けてみると、士官不在の所為で統率が取れないままフラフラと行進していた中隊が、不幸にも他の中隊と衝突し、バタバタと一部の兵士達が折り重なっている。

「あちゃー、ありゃ怪我人《けがにん》が出そうだな」

そう言いながら単眼鏡を覗き込むオズワルドを見て、エリザベスにはふと一つの疑問が浮かび上がった。

「何でアンタは士官学校に入ったの？　元々読み書き計算が出来たんなら、他の職に就く選択肢もあったでしょうに」

「……それもそうだな。この戦争も勝てそうにねぇし、さっさと辞めちまうかなと思ってる」

「は、え!?　ちょ、ちょっと待ちなさいよ!?」

「冗談だ冗談。そんな本気にする奴があるか」

「何よもう……笑えない冗談はやめなさいよ、全く」

本当に居なくなってしまうのではないかと、一瞬でも心配した自分が馬鹿らしい。

三角帽子を目深に被って、フンと他所を向く。

「……困る人達がいるんだろうな、と思ったからだ」

彼女の後ろ姿を横目で見ながら、オズワルドは自身が職業軍人を目指した理由を話し始めた。

「お前の言う通り、軍人よりも給金が良くて、且《か》つ命を危険に晒《さら》す必要の無い仕事だってあったさ」

だけどな、と足下の砂利を蹴り上げると、彼は一拍置いてから、言葉を選ぶ様に答えた。

「言葉にすると難しいんだが、多分、誰かがこういう役回りをやらないと、困る人達が沢山居るんじゃないかと思ったんだ。俺はその人達の名前は知らないし、何人いるのかも知らねえんだけどさ」

「困る人達……」

オズワルドの言葉を反芻《はんすう》する。

家族や友人、故郷といった身近なモノの為にではなく、もっと大きな、不特定多数の人々の為に軍人になったと、彼は言っているのだ。

「立派ね」

軍団長になるという、エゴの実現の為に軍人を目指した自身の姿が、ひどく矮小《わいしょう》なものに思えた。

公《おおやけ》の為に軍服を着た者と、私《わたくし》の為に軍服を着た者とでは、前者こそがより誠実だと思われがちである。

だからこそ、エリザベスは肩身が狭かったのである。

「そうでもないさ」

二人の後ろで、西日が帳《とばり》を下ろそうと沈み込む。

地平線まで伸びた黄金色の光は、二人を平等に照らしていた。

第四十一話：砲金の輝き（前編）

「ねぇねぇ、ヨハンお爺さんはどこから来たのー？」

椅子に座ったエレンが足をバタつかせながら尋ねるが、ヨハンは出来上がった鋳型を凝視するのみで、振り向こうともしない。

「ヨハン・マリッツって西の方の名前でしょ～？　オーランド出身じゃ無いんだよね？」

「……東部帝国《オストライヒ》だ」

大人しく座っててくれ、とでも言いたげな口調でヨハンは答えた。

「東部帝国《オストライヒ》って、ラーダの西にある国だよね？　ラーダを横断してきたの？」

我慢できずに椅子から立ち上がると、エレンは部屋の中に置いてある部品達を物色し始める。

「最初はラーダで仕事を探してたんだが、カロネード商会って集団が幅を利かせてきてな。結局商売自体が上手く行かなくなっちまった」

「へ、へぇ～。そんな悪い人達が居たんだねぇ」

自分の古巣が出て来るとは思わず、平静を装いつつも、しどろもどろになる。

「そのまま東に流れていった結果、辿り着いた。もう数十年も前の話……おい、勝手に歩き回るな」

「あぅ」

ヨハンは部屋を彷徨《うろつ》いていたエレンの首根っこを引っ掴むと、椅子の方へ放り投げた。

「危ないからそこでじっとしてろ」

「むぅ……」

エレンは不満げな表情のまま、部屋を見回す。

「……お爺さんて自分の炉は持ってるの？　さすがにここには置いてないよね？」

「あるぞ。街外れに置いてある」

「炉のタイプは反射炉？」

「そうだ」

「青銅製の物を鋳造したことある？」

「あるぞ」

そこまで聞くと、エレンはエリザベス達から頼まれていた本題を切り出した。

「じゃあ大砲も作った事あるの？」

「……大砲は無い」

含みのある言い方で答えるヨハン。しかし辺りに散らばる大砲の部品をつぶさに見ていたエレンに、そんな嘘は通用しなかった。

「そこの壁に立て掛けてある真鍮製の筒、大砲の砲身じゃないの？」

鋳型を眺めていたヨハンの手が止まる。

「ここに置いてあるのは中子用の芯棒だし、そのへんに山積みになってる木の棒って、砲身の木型だよね？　すごい数を作ってた様に見えるけど……」

「昔、作ろうとした事があるってだけだ。コイツらはその残骸だよ。全部作りかけだ」

ヨハンの言う通り、壁に立て掛けられた砲身達は、鋳造直後の状態である。つまるところ、ただの金銅色の筒である。本来であれば、ここから仕上工程が行われる筈であるが、埃の堆積からして、もう随分と放置されている様だ。

その有様が示す意味は一つだった。

「……大砲、ずっと作ってたんでしょ？」

己の技術の無さ故に、大砲《それ》が作れない。己の腕に誇りを持つ職人にとっては、口が裂けても言いたくない言葉だった。

「見学だって話だったろ？　黙って見てな」

これ以上の会話を拒むと、ヨハンは鋳型を持って立ち上がった。

「うぇ、何処《どこ》行くの～？」

「炉の調子を見に行ってくるだけだ」

鋳型を片手に持ったまま、ヨハンが戸口に向かう。

「炉って、今言ってた反射炉のこと？　あ、待ってわたしも行く～！」

エレンは慌てて椅子から立ち上がると、彼の後を追って組合所を飛び出した。

「ねねね！　邪魔はしないから付いていっても良いでしょ⁇」

エレンがヨハンの背中にお伺いを立てるが、彼はそのまま振り返らずに前を進み続けた。

しかし代わりに左手を僅かに挙げ、許諾の意を見せた。

「やったー！　ありがとうお爺さん～！」

諸手を挙げ、すかさずヨハンの隣に肩を並べるエレン。道行く人々からすれば、祖父と孫の関係にも見えた事だろう。

「お爺さんは東部帝国《オストライヒ》から来たんだよね？　家族と一緒にお引越ししてきたの？　……教えてよ～！」

「……あぁ、そうだよ」

答えてくれるまで自分の周囲をグルグル回り続けるエレンの姿を見て、僅かに顔を綻ばせるヨハン。

「家族もタルウィタに住んでるの？」

「いや、家族はラーダに留めておいた。俺が越してきたばかりのオーランドは、今ほど治安が良く無くてな」

そう言いながら、ヨハンは辺りを見回す。

通りに水桶を並べ、山のような衣服を洗っている洗濯屋。

肉の腸詰を軒先にぶら下げながら、仕入れ業者と駄弁《だべ》っている肉屋。

テラス席に放置されたままの、湯気立つコーヒーと機関紙。

朝一番の窯《かま》から出したパンを、次々に手際良く露店へ並べていく職人。

戦争中である事を忘れてしまいそうになるほど、通りには活気が満ち溢れていた。

「俺がこっちに来た時……二十何年前だったか忘れたが、そんときゃ目付きの悪い奴等が道端で沢山《ぎょうさん》屯《たむろ》してたもんだ」

「お爺さんが来た時のタルウィタって、どんな感じだったの？」

周回軌道上から、再びヨハンの隣に戻ってきたエレンが首を傾げる。

「丁度、ヴラジドとノールがドンパチやってた頃だ。戦災に遭ったヴラジド人が、大量にオーランドへ流れ込んで来た時代だな」

「流れ込んで来たヴラジド人達のせいで、治安が悪くなっちゃったって事？」

「簡単に言えばそうだが、実情はもうちょい複雑だ……こっから大通りだ、あまり離れないようにしろ」

ヨハンがエレンの腕を引き、自分の脇へ寄せる。

交通量の多い目抜き通りへと差し掛かり、馬車の往来が一気に激しくなる。朝の大通りは戦場の様な喧《かしま》しさだ。

歩道の隅に寄って、ヨハンが車道側、エレンが建物側に立って歩く。

「タルウィタに流れてきたヴラジド人の殆どが、着の身着のままの奴らでな。大多数の連中は、掘立て小屋をあちこちに建てて暮らしてた。ここなんかは、今でこそ洒落《しゃれ》た仕立て屋だが、昔は難民キャンプだったぞ」

「はぇ〜」

エレンが感嘆の声を漏らしつつ、上流階級御用達《ごようたし》の仕立て屋を見上げる。白塗りの美しい、それでいてシンプルな五階建ての建築様式が、静かにエレンを見下ろしている。

「……難民キャンプのせいで治安が悪くなっちゃったんだ？」

「いや、難民キャンプそのものは別に治安の良し悪しに影響を及ぼさなかった。どうやってかは知らんが、ヴラジド人の生活はキャンプの中で完結していたらしい」

そもそもな、と鼻で笑いながらヨハンは付け加えた。

「最初にも言ったが、当時のタルウィタっつー街そのものの治安が悪かったんだ。ヴラジド難民が流入してきた所で、大して治安なんて変わらなかったさ」

街中を縦横に貫く、巨大な十字路に差し掛かる二人。過日、エリザベスが大立ち回りを披露した連邦議事堂がその姿を現す。

「そのまま各々のコミュニティが上手く生活して無事丸く収まった……なんて都合の良い結末にはならなかった。市長のオスカー・サリバンが、タルウィタの治安回復をお題目に、ヴラジド人居住区の破壊を行ったんだ」

「え⁉　ひ、酷くない⁉　勝手に乗り込んできた人達ならともかく、命からがら流れ着いてきた戦災者の人達なのにっ‼」

他人事《ひとごと》とは微塵《みじん》も思わず、心から憤《いきどお》りを露わにするエレン。その姿を見たヨハンは、僅かばかりに目尻を緩ませた。

「……サリバンとしては、タルウィタの治安を強引に安定化させる大義名分に映ったんだろうよ」

ヨハンは通り過ぎる連邦議事堂から、敢えて目を逸らす素振りを見せた。

「掘立て小屋という、曲がりなりにも己の居場所を奪われたヴラジド人は、いよいよ食い扶持に困ってあちこちで悪さを働く様になった」

「結局治安悪化してるじゃん！　サリバンのバカ～！　スカポンタン！」

エレンが連邦議事堂に向かって罵詈雑言を飛ばす。

会期外の連邦議事堂は非常に閑散としており、入り口を守る衛兵以外に人影は殆どない。彼女の発した罵声は、議事堂前広場で屯していた鳩達を驚かせるだけに留まった。

「悪さを働く様になったヴラジド難民に、最早居場所なんて無かった。市政と市民の両方から目の敵にされた彼らは、元々居着いてたゴロツキ諸共、タルウィタから一掃されたよ」

驚いて飛び去っていった鳩達を、ヨハンは遠い目で見つめる。

「そんでめでたく、タルウィタの治安は回復したって訳だ……どうだ？　まぁまぁ複雑な事情だろ？」

子供相手に真剣に話し込んだ自分を可笑《おか》しく思い、苦笑まじりに語尾を濁すヨハン。

「……別に複雑じゃないよ？」

エレンは彼の語尾から、子供扱いをされたと直感で感じ取った。

「結局ヴラジド人は、そのサリバンって市長に良いように利用されちゃったんでしょ？　声を上げられない、弱い立場の人々に罪を擦《なす》り付《つ》ける、酷い市長だって事くらい分かったよ」

血の繋がりが無いとはいえ、彼女はあのエリザベスの妹である。

姉ほど分かり易く表に出す事は無いが、彼女も彼女なりに、負けず嫌いなのだ。

「……そこまでバッサリ言い切る奴は、久々に見たな」

今の今まで、眠そうな目をしていたヨハンの瞼《まぶた》が、初めて大きく開かれた。

「ヴラジド人を追放したのはおかしいって、声を上げる人は居なかったの？」

「今残ってる奴らは、みな追放した側の人間だからな。市長も市民も、正しい事を成し遂げたと思ってる」

並んで大通りを過ぎ、タルウィタの東街区へ足を踏み入れる二人。郊外に近付くにつれ、街並みが徐々に背の低いものへと変わっていく。

「うぐ～！　聞いてて気持ち良くないっ！　お爺さん！　お話の内容変えても良い⁉」

エレンが二、三歩一気に飛び出したかと思えば、勢いよく振り向いて両の拳を天に突き上げる。

「別にいいぞ、こっちとしても不快な昔話は本意じゃない」

今度は端《はた》から見ても分かる程に、ヨハンの顔が綻んだ。

「ありがと～！　えーと、えーと……」

エレンが代わりの話題を探そうとあちこちに視線を向ける。ふと、自分自身の足が向く先を見てみると、タルウィタの東門が目に入った。

パルマのように、背の高い石造りの城壁で守られている訳でもなく、ともすればリヴァンのように、土塁や砂壁を用いた近代的な堡塁が造成されているという訳でもない。

どちらかと言えば検問所のような、簡素な東門が控えめに横たわっていた。

「ねぇねぇお爺さん。パルマもリヴァンも立派な防壁があるのに、なんでタルウィタには防壁が無いの？」

「さぁな。古株の話じゃ、少なくともタルウィタが出来た当時からアレなんだとよ」

ヨハンの指差す先では、商人や旅人が入門前の検査を受けさせられていた。

「敵から攻められた時に不利じゃないの？　防壁が無い都市を守るのは難しいって、この前お姉ちゃんが言ってたよ？」

「なんだ、お前の姉《あね》さんは軍人か？」

「え？　あ、いや、えーと……軍事好きの、お嬢様、かなぁ？」

「姉妹揃って、妙な趣味してやがるな」

初めて会った時と同じ様に、ヨハンは奇異の目でエレンを見つめた。

丁度会話が一段落した所で、二人は検問に到達した。

門兵がヨハンを呼び止めようと声をかけるが、彼は足を止めず、無言で顔だけを門兵へと向けた。

「ヨハン・マリッツ氏でございましたか！　これは失礼をば……」

気を付けの姿勢で謝罪すると、門兵は足早に道を空けた。

「今の顔パスってやつ～？　すごいね～お爺さん！」

エレンが彼に続いて検問を素通りしながら尋ねる。

「顔というよりは髭だな。髭を伸ばしたままにしていれば、こういう細《ささ》やかな恩恵に与《あずか》れる」

箒《ほうき》の様に伸びた顎鬚を撫でるヨハン。

「じゃあ顔パスじゃなくて髭パスだね～！」

言いながらケタケタと笑うエレンに対し、ヨハンは満更でもなさそうに鼻息を漏らした。

「……他に何か聞きたい事はあるか？」

今度は珍しく、ヨハンの方から尋ねてきた。

「他に？　うーん、ちょっと頑張って考えるから待ってね～」

暫し腕を組み、うんうんと考え込むエレン。

数十秒の間、己の記憶を掘り返すようにあちこちへと視点を向けていたが、ふとヨハンの顔をじっと見据えた。

「ちょっと失礼な質問でもいい？」

「その聞き方をしてきた時点で、もう失礼でも何でもない。好きに言え」

ヨハンの答えに満面の笑みを浮かべると、エレンは言い放った。

「なんでお爺さんの組合所ってあんなにボロボロなの？　あれじゃ普通のお客さん来なくなっちゃわない？」

それを聞いた彼の歩速が、やや遅くなった。

「あぅ、幾らなんでも失礼過ぎたかも……？」

両手を口に当てて恐縮するエレンだったが、ヨハンは手を振って否《いな》の意を示した。

「なんて説明すれば良いか、ちょっとばかし悩んだだけだ……そら、着いたぞ」

彼が、目の前に鎮座する反射炉を指差しながら述べる。

タルウィタの街外れにポツンと立ち並んだ二本煙突。

耐火レンガで天高く作られた煙突《そ》の根元《れ》には、かまくらの様な形をした路床と燃焼室が、これまた耐火レンガで堅牢に積み作られていた。

「ぬお～立派な反射炉だ～！　本で見た通り～！」

反射炉の実物を目前にして大はしゃぎしているエレンを他所にして、炉の番をしていた若者がヨハンの元へやってきた。

「組長！　鋳型の再成形、ご苦労様です！」

民間人であるヨハンに対し、若者はなんと敬礼で敬意を表した。

加えてその敬礼方法も、右手の中指と人差し指のみを伸ばすという、非常に独特な物であった。

「それで親方、こちらの可愛《かわい》らしいお嬢ちゃんは？　まさか弟子じゃないっすよね？」

彼はヨハンから出来立ての鋳型を受け取りつつ、反射炉へ釘付けになっているエレンの方へ顔を向けた。

「見学者のエレン・グリボーバルだ。鋳造に興味があるとかいう妙な小娘だ」

「興味？　え、鋳造に!?　この毛玉みたいなっ、可愛らしいお嬢ちゃんが!?」

若者が、手元の鋳型とエレンを交互に二度見する。

「コイツは火番のイェジーだ。鋳造中は手が離せねぇから、代わりにコイツに質問しな。……イェジーも良いな？」

「りょ、了解です。組長がそう仰るのであれば、従いまさぁ」

「おう。日も十分昇ったし、そろそろ仕事の時間だ。火入れしてこい」

「承知です！」

イェジーと呼ばれた青年は、再び特徴的な二指の敬礼を披露し、路床へと駆けていった。

「……さっきの質問の答えだが」

古びた木箱に腰掛けたヨハンが言を連ねる。

「さっきの、って組合所がボロボロな理由？」

彼は僅かに頷いた。

「……ああやってボロボロにしておけば、貧乏な客でも気兼ねなく入れるだろ？」

驚くほど素朴で、それでいて優しい答えだった。

「そ、それだと逆に裕福なお客さんが来なくなっちゃうんじゃないの!?」

余りにも意外な答えに、エレンは目を丸くする。

「注文先を選べる位に裕福な客はそもそも相手にしてないな。注文先を選べない客をメインで相手にしてる」

「でもでも、それだと儲かんないでしょ？　商売の方は大丈夫なの〜？」

エレンのその言葉を、ヨハンは鼻で笑った。

「ハナから儲けようとは思ってねぇよ。これ以上行き場所のない奴らの為に、俺の組合所はあるんだ」

彼は、炉の火入れを進めるイェジー達組合員を一瞥した。

「……ヴラジド人《あいつら》みたいな行き場のない人間の為に、俺は鋳物師組合所を開いたんだよ」

◆

夕刻。

炉の見学から戻ってきたエレンは、朝と同じ様にヨハンの背中を見つめていた。

「ねぇ、ヨハンお爺さん」

椅子に腰掛け、彼の背中に言葉を投げかける。

「本当に、大砲はもう作らないの？」

「朝の時も言ったろ、昔に少し齧《かじ》った事があるってだけだ。趣味の範疇《はんちゅう》だよ」

鋳型を取る際に使う木枠を作っていたヨハンが、胡座《あぐら》をかいたまま、独り言にも似た声色で答える。

「……イェジーさん、いい人だね。あの反射炉の構造について、凄い詳しく教えてもらっちゃった」

木枠を正方形方に削る、シャッシャッという耳当たりの良い音が部屋に響く。

「燃焼室から伸びてた大きな鋳造孔、あれ、大砲用の鋳造孔だよね？」

木枠を削る音が止んだ。

「普通の、調度品としての鋳物を作るだけなら、あんな大きな鋳造孔は必要ないもん。本気で大砲を鋳造しようと考えない限り、あの大きさはあり得ないよ」

静まり返った組合所に、エレンの珍しく筋の通った声が響く。

「改めて、炉を見学させてくれてありがとう。お陰で、ヨハンお爺さんが本気で大砲を作ろうとしていた事は理解出来たよ。だから」

エレンは生唾を飲み、その先の言葉を述べた。

「どうして大砲作るの辞めちゃったのか、教えてほしいな」

エレンにとっては、永遠にも感じるほどの、長い沈黙が流れた。

ヨハンはいつの間にか、両手に中子用の芯棒を抱えていた。

「……中子を利用する鋳造式大砲の場合、中子の品質がそのまま砲身内部の精度に直結する。つまり、大砲の中子は真に直線で、真に円形状でなきゃ許されねぇ」

諦観染みた苦笑と共に、ヨハンは独白を続ける。

「何をどうやっても、鋳造中に中子が曲がったり、ズレたり、浮いたりしちまうんだ。俺の技術の限界なのか、鋳造方式そのものの限界なのか、結局分からず仕舞いだ」

「お爺さんの腕は関係ないと思うよ。鋳造後の鋳物が膨張したり、歪んだりするのは仕方ない事だもん……」

気遣いありがとうよ、と僅かに肩を震わせながら、木枠の調整に戻るヨハン。

「……お爺さんっ！」

再び椅子から立ち上がり、ヨハンの元に駆け寄るエレン。

「何遍も言ってるだろ、危ないから座ってろって――」

振り向いたヨハンの眼前に、一枚の羊皮紙を突き出すエレン。

今、この瞬間しか無いと、彼女は踏んだのだ。

「私ね、大砲が好きで、小さい頃から野砲の設計書だったり、製造書だったりを良く見てたの！」

木枠を脇に置き、流されるがままに羊皮紙を手に取るヨハン。

「垂直式ドリル……？　鋳造後に砲腔を掘削……？」

羊皮紙に描かれた大砲の設計図を見ながら、補記として書き込まれた言葉を音読する。

「ヨハンお爺さんの言う通り、中子を使うタイプの鋳造方法だと、大きく砲身内部が歪んじゃうの。これは、どれだけ良い鋳型を使ったとしても変わらない事実だと思うよ」

ヨハンと顔を突き合わせながら、設計図の各図面を指さしながら説明するエレン。

「だから私考えたの！　最初に大砲の元になる円柱を鋳造して、後からドリルで砲腔用の穴を開ける方式にすれば、最初から砲身内部を鋳造するよりも、ずっとキレイな砲腔が出来るんじゃないかって……」

エレンの解説を聞きながらも、ヨハンは設計図を見つめたまま、ブツブツと独り言を呟く。

ひとしきり設計図に目を通した後、彼は溜息と共に所感を漏らした。

「……この設計図は、お前が作ったのか？」

「そうだよ」

「いつ作った？」

「三年前くらい」

「試作品は？」

「ないよ」

「図面の評価者は？」

「お爺さんが初めてだよ」

矢継ぎ早な質疑の後、再び両者の間に沈黙が流れる。口に手を当てながら、食い入る様に設計図を見つめるヨハンと、その姿をじっと見つめるエレン。

己の目線が設計図の最下段に到達すると同時に、ヨハンは肩の強張《こわば》りを緩めた。

「……聞いた事も、見た事もない製造法だ、夢物語に過ぎん。成功するとは思えん」

「うん、そうだね。成功するかどうか分かんないよね」

エレンが発した余りにも淡白な肯定に、ヨハンは思わず振り向いた。

「そうだねって、お前――」

設計図から目を離し、エレンへと顔を向けるヨハン。

そこには、朝頃に見た能天気な金髪少女の姿など、どこにも無かった。

代わりに居たのは、西日に照らされた自身の金髪より何倍も紅《あか》く、そして美しく燃え上がる瞳を持った、若き大砲設計士の姿だった。

「分かんないからこそ、やるんだよ。分かってたら、そもそもやる必要なんか無いじゃん」

ヨハンの腕をガッシリ握りながら、黄金色の瞳を輝かせるエレン。

「カロネード商会なんかよりも、立派な大砲を作って見せようよ！　自分を馬鹿にしてきた人達に、目にものを見せてやろうよ！」

自分を馬鹿にしてきた人達を見返してやる。

ヨハンを鼓舞する為に放ったその言葉の裏には、商会で冷遇の憂き目に遭わされた、エレン自身の燻る野望も込められていた。

「……見てくれはてんで似てねぇが、中身は腹立つ程に昔の俺と似てるな」

そう漏らすと、肩を左右に揺らしながら重い腰を上げ、戸口へと向かうヨハン。

「お前と、お前の設計図に付いてたモンが、俺にも伝染《うつ》っちまった」

「え？　ごめん！　何か変なモノ付いてた？　結構前に書いた設計図だから……」

謝罪しつつ、慌ててヨハンを追うエレン。

「いくぞ」

「……へ？　どこに？」

ヨレヨレのコートを羽織りながら、ヨハンは振り返らずに行き先を述べた。

「反射炉だ。まだ大砲を鋳造出来る程の火力が残ってるか、調べなきゃならん」

何を伝染してしまったのか分からぬまま、不安な様相でエレンが後に続く。

なんて事はない。ヨハンは彼女から熱意を伝染されたのだ。

第四十二話：砲金の輝き（後編）

「ねえねえお爺さーん」

「ヨハンだって言ってんだろ」

茜色の空に、二本の煙突が天に向かって伸びている。

夕日の逆光によって真っ黒な棒と化したそれの前に、ヨハンとエレンは佇んでいた。

「近くに川とかある？　ドリルを回転させる為の動力が欲しいんだけど～」

「あるぞ。動力源が無い場所に建てられた反射炉なんて、マトモに使えたモンじゃないからな」

鋳造、鍛造、紡績、製粉、製本。現代のあらゆる産業に関して、水力は必要不可欠である。故に川沿いという立地は往々にして産業の密集地となる事が多い。

「あ、組長じゃないすか、それに毛玉ちゃんも。まだ何かありましたかね？」

炉の前で灰の掻き出しを行っていたイェジーが、ヨハンに気付く。

「兄弟達を集めろ、もう一度、大砲を作るぞ」

ヨハンは微塵も逡巡する事無く、端的に命じた。

「……マジっすか⁉　おいみんな！　聞いてくれ！」

ヨハンの言葉を受けて、後退りしながらガッツポーズをするイェジー。彼は拳を握ったまま、屯していた組合員達の輪の中に突撃していく。しばしの沈黙の後、組合員達からも歓声と拍手が沸き上がった。

「みんな大砲作りたかったんだねぇ」

その雰囲気に引きずられて、エレンがパチパチと手を叩く。

「鋳物師が作る品としては、鐘に次いでデカイ代物だからな。鋳物師を目指す奴は皆、一度は鐘や大砲を作ってみたくなる物だ」

やいのやいのと騒いでいる部下達を、ヨハンは目を細めて見つめている。

「北方大陸の砲はカロネード商会のみに非ず！　我々タルウィタ組合の力を見せる時だ！」

「ラーダの豪商が何するものぞ！　砲金の輝きを奴等に独占させるな！」

輪の中から口々にカロネード商会を敵対視する発言が漏れ聞こえてくる。エレンが感じていた以上にカロネード商会をライバル視している様である。

しばらくするとイェジーが歓呼の輪から飛び出し、二人の元へと駆けて来た。

「組長！　その言葉をタルウィタ鋳物師組合員一同、心待ちにしておりました！」

二指の敬礼を繰り出すイェジーに対し、ヨハンは無言で大砲の設計図を手渡した。

「え？　あ、あぁ、これが今回の設計図ですかいな？　組長も、やけに綺麗な字を書く様になりましたねぇ……」

ペラペラと設計図を読み進めていく内に、彼の表情が露骨に険しくなっていく。

「あの、組長？　流石にドリルで砲身内部を掘削整形するのは、ちょっと無謀過ぎやしませんかね……？」

「不可能だと思うか？」

「いや、まぁ見た限り、理屈は間違って無いと思いますが……」

イェジーは眉間《みけん》を手で揉みつつ、ひとしきりうんうんと唸った。

「確かに、この方法なら中子を使う必要が無くなります。従来の芯棒を使った砲身鋳造は、結局何度やっても綺麗な砲腔を整形出来ませんでしたからね……試してみる価値は、まぁ、あるとは思いますよ。ただ……」

彼は設計図に記された巨大な垂直式ドリルを指差すと、戦々恐々たる表情で切願した。

「こんなデカいドリルを作るってなったら、組合資金が全額吹っ飛んじまいますよ!? もし失敗したら組合解体まっしぐらです！　大博打《おおばくち》ですよ!?」

「お金は私が出すから大丈夫だよ～」

はーい、とエレンが手を挙げる。

「え？」

「私が出すもん。あーね、ちょっと違うのかな？　本当はオーランド連邦軍がお金を出すんだけどね～」

「連邦軍って……毛玉ちゃんキミ軍人なの!?　そんな可愛い顔してるのに!?」

「うふふ～。民間人扱いだから、正式な軍人さんではないけどね～」

可愛いと言われて満足気な笑みを浮かべながら、エレンが答える。

「俺もここに来る途中で知らされたクチだ。コイツ、どうやら連邦軍の砲兵隊に所属してるらしい」

「砲兵隊ィ？　……じゃあなんすか、パトロンとして金は出すから、自分達のために大砲作ってくれ、って事っすか？」

「そうだよ～お願いだよ～！　リヴァン市から撤退する時に大砲を全部放棄しちゃったから、今全然大砲が無いの～！　助けて～！」

エレンが両手を胸前で握りしめ、祈る様な姿勢で懇願する。

「金の都合をつけてくれる上に、こんな可愛い毛玉ちゃんに言い寄られちまったら、俺としてはノーとは言えねぇですけどよ……」

ヨハンの方をチラと見つつ、設計図を指差す。

「組長はどうなんすか？　組長が作った設計図に対して余計な口は挟みたく無いんですが、この製法は中々に異端ですぜ……」

ヨハンはそんな彼の煮え切らぬ様子を鼻で笑いながら、しゃがれ声で話し始めた。

「鋳造ってモンを最初に考案した奴だって、最初は周りから異端扱いされてた筈だ。異端、爪弾き、変わり者……どれも最初にやる奴の背負う称号みたいなもんだ。むしろ使える肩書きが増えた位に思っておけ」

「しょ、承知です！」

ヨハンに肩を小突かれた青年はその勢いのまま、設計図を片手に鋳物師達の間へ入って行った。

「……このままだと、本当に俺が考案した事になっちまうぞ。いいのか？」

「いいよ～。ヨハンお爺さんが考え付いたって事にしておいた方が、色々とコトが早く進みそうだし～」

彼女の口振りに先程までの哀願ぶりは既に無く、ケロッとしている。

「その歳にしちゃあ、泣き落としのフリが上手いな。見かけによらず、自分の武器が何なのか良く分かってるじゃねぇか」

「え～何の話かな？」

エレンは惚《とぼ》けつつも、ニヤニヤと笑いながら口元に手を当てている。

「あんまりアイツらを揶揄《からか》うのは止めろ。大体の職人は女に耐性が無いんだ」

「むぅ、そんな人を悪女みたいに……」

路床の耐火レンガを手で触り、異常がないかチェックするヨハンの後ろで、エレンが路床の壁をぺちぺちと叩いて異議をアピールしている。

「それで、お前はあの砲兵士官達とはどんな関係だ？」

「え？　あの士官ってどの士官さん？」

しらばっくれても遅《おせ》えぞ、とヒビが入ったレンガをマーキングしながら話すヨハン。

「お前が工房の周りをウロウロし出す直前、二人の砲兵士官が訪ねて来たんだ、大砲を作ってくれってな。ウチじゃ作れねぇって断った数日後に、今度は同じ砲兵隊所属のお前が工房の周りを彷徨き始めたんだ。なんも関係ない訳ないだろうが」

「あ〜、えーと。それはねぇ……う〜んと」

露骨に言い淀むエレンの声を聞いて、彼は背中を震わせた。

「へっ、一気に図星を突かれる事には慣れてねぇみたいだな……説得を頼まれたんだろ？　あの若造二人から」

「あ〜と。うーん、まぁ、いや、えーとその……」

エリザベスと違い、嘘や方便といった駆け引きの経験値に乏しいエレンは、みるみる内に萎縮してしまった。

「別に今更大砲作るのを辞めたりはしねぇよ。ただ単に、受注者として顧客《クライアント》の事情を聞いておきたいだけだ」

フリーズしてしまったエレンを解凍する言葉を掛けながら、ヨハンは燃焼室のレンガの状態確認に入った。

「……訪ねてきた砲兵士官の片っぽの方、私のお姉ちゃんなの」

「姉って事は銀髪の小娘の方か。姉妹にしては余り似てないな、異母姉妹か」

レンガの方を向いたまま質問をするヨハンに、エレンはこくりと頷いた。

「さっきも言ったけど、オーランド砲兵隊には今全く大砲が無いから、大砲を作ってもらえる様、説得してって言われたの」

「成程、思っていたよりは単純な話で何よりだ」

「で、でもっ！」

エレンがヨハンの背中に向かって叫ぶ。それは、彼を振り向かせるには十分な声量だった。

「工房で伝えた事も本当なの！　私の設計した大砲がどこまで通用するのか、確かめたいの！　ほ、本当だよ！」

先程、イェジーに見せた張りぼての哀願とは違う、心からの思いを吐露する。

自分がこの役を買って出たのは、単に姉の力になりたかっただけでは無い。

自分の夢である大砲設計士への道に少しでも近付けるのであればと。

この設計図が、日の目を見る機会が生まれるのであればと。

その為であればこそと、エレンはこの任を引き受けたのだ。

「……お前の覚悟を疑ってる訳じゃねえよ」

ヨハンは膝立ちの姿勢から立ち上がると、身体をエレンの方へ向ける。

「ほ、本当？」

エレンがおずおずと尋ねる。

「お前が出してきた大砲設計図《アレ》は、生半可な知識だけで書けるもんじゃねえ。お前がどんな生き方をしてきたのかは知らんが、少なくとも人生の大半を大砲に費やしてきたって事くらいは分かる」

そこまで言うとヨハンは、若干照れ臭そうにシッシと手を振った。

「さぁ行った行った。設計図の詳しい説明は俺からしておくから、お前はさっさと姉様達からカネ貰って来い」

「……うんっ！　わかった！」

そう言うとエレンは、スカートの裾を摘《つま》んで走り出した。

「ありがとねー！　お爺さんー！」

またしても名前で呼ばずに走り去っていくエレンに対して、ヨハンはもう何も言う素振りを見せなかった。

◆

「お姉ちゃんお姉ちゃん！　ヨハンお爺さん、大砲作ってくれるって！」

タルウィタ兵舎の士官詰め所のドアを開け放ちながら、エレンが部屋の中へ突入してきた。

「本当⁉　やるじゃない！　流石は私の妹ね！」

エリザベスが、胸に飛び込んできた妹を両手で抱き締める。

「やるなぁ毛玉ちゃん！　……一先ずは、これで大砲調達の目処《めど》がたったな！」

今回の成果に特段寄与していない立場のオズワルドが、腕組みの姿勢で総括に入る。

「あと、ヨハンお爺さんが大砲作る用のお金欲しいってさ～」

ひとしきり姉から撫でられ終えたエレンが、オズワルドへと顔を向ける。

「今、パルマ女伯閣下とイーデン中尉殿がタルウィタ中央銀行へ交渉しに行ってる所だ。もう直ぐ
――」

噂をすれば影である。

開けっ放しのドアから、イーデンとパルマ女伯が顔を覗かせた。

「閣下！　中尉殿！　中央銀行との交渉ご苦労様で御座いました！」

「お帰りなさーい」

すぐさま扉脇に並んで敬礼する二人と、そのまま部屋中央で手を振るエレン。

「エリザベスと……そこの砲兵士官は残りなさい。話があります」

「……すまねぇなエレン。ちょっと外で待っててくれねぇか？」

「う、うぃー」

二人の表情から、穏やかな話では無いと感じ取ったエレンが、そそくさと外に逃げて行く。

「如何されましたか？」

オズワルドの質問に、パルマ女伯が端的に、そして致命的な答えを出した。

「タルウィタ中央銀行が貸付を拒否した為、軍費の借入に失敗しました。対抗策を考える必要がありますね」

第四十三話：白蛇に睨まれしモノ

「馬鹿者！　なぜもっと早くそれを伝えに来んのだ⁉」

「も、申し訳ございません……」

リヴァン市の領主邸宅に、ヴィゾラ伯の怒号が響き渡る。

「オーランド連邦正規軍の編成が始まったとあっては、侵攻計画そのものを大きく修正せねばならんのだぞ……！」

執務室の中を行ったり来たりしながら、ヴィゾラ伯が苛立《いらだ》ちの表情を浮かべる。

「さ、先の臨時連邦議会以来、私へ向けられる疑いの眼がより厳しくなっておりまして、中々ご報告へ伺う事が出来なかった次第にございます……」

執務室に足を踏み入れて直ぐの場所で、一人の老人が深々と頭を下げながら謝罪を述べる。

「軍団長殿、如何いたしましょうか?」

ヴィゾラ伯が目線を執務室の奥へ向ける。そこには、リヴァン領主の椅子に腰掛けたプルザンヌ公の姿があった。

「オスカー・サリバン」

「は、はいっ!」

その老人、サリバンが恐る恐る、顔を上げる。

「編成予定の連邦軍の総兵力は?」

「それは、実際に集結せんことには、何とも申し上げられず……」

頼りなく、煮え切らない返答を受けたプルザンヌ公は、口を噤《つぐ》んだまま鼻から息を漏らすと、宙空を見つめながらサリバンを詰問し始めた。

「……貴様の国は、領主共が己の所領から兵を取り立てる方法で軍を成すのであろう?」

「は、はい」

「所領の数は三十八だったか」

「左様で」

「一つの所領に対して徴兵出来る兵数は大凡《おおよそ》どれほどだ?」

「所領の規模にも拠《よ》りますが、平均するとおよそ一個大隊程度かと……」

「であれば平均して三十八個大隊、兵数にして約二万だ」

そこまで述べると、プルザンヌ公は宙空から目を落とし、氷のような眼差しでサリバンを刺した。

「ノール軍人である余ですら、然《しか》る可《べ》き予測を云々と論《あげつら》う事が出来るのだ。なぜ当のオーランド人である貴様が、深慮も無しに何も分からんなどと嘯《うそぶ》くのだ？」

「そ、それにつきましては……」

サリバンが、目線を部屋のあちこちへと向ける。意図を聞かれてから意図を作ろうとする、何とも滑稽な老人の姿がそこにはあった。

時計の長針が振れる音と同時に、ハッと思いついた様な表情で彼は意図を述べ始めた。

「……か、仮に私の申し上げた数字が実態と大きく乖離《かいり》していた場合、閣下に多大なる迷惑をお掛けすると感じた故にございます。私は軍人ではなく一市長ですので、予想が外れる事も多分にあると鑑みました。不確定な兵数を讒言《ざんげん》として流布するくらいであれば、一切不明と申し上げた方が閣下の御《おん》為《ため》に――」

「言辞《げんじ》を弄《ろう》するな」

暫《しばら》く無言でサリバンの言い訳を聞いていたプルザンヌ公が、椅子を引いて立ち上がる。その所作からは、明かな不満と苛立ちが見てとれた。

「余は敵の兵力が一万四千なのか、一万五千なのか、一万八千なのか貴様に問うたのではない。我が軍と比べて、甚だ少数なのか、同数なのか、数的優位なのかを問うたのだ。はなから詳細な兵数など貴様に求めてはおらん」

壁に立て掛けたサーベルを無造作に掴み取ると、鞘の先端をサリバンへ向ける。

「大まかな兵数すら答えられぬばかりか、その愚《ぐ》にも付かない無思慮を、あろう事か余の為などと言い切る貴様の愚劣さに反吐が出る」

「も、申し訳ございません……！」

もはや言い逃れ出来ぬと判断したサリバンが、腰を折って深々と頭を下げる。

「陳謝は無用。他に何が出来るのかを述べよ。貴様の出来ぬ存ぜぬを聞きたいが為に、余は銀貨をくれてやった訳では無い」

「も、勿論ですとも！　まだ私めに出来る事はございます！」

「申せ」

と言いつつも彼はサーベルの柄に手を掛けており、余計な言い訳を封殺せんとしている。

「げ、現在オーランド連邦軍は編成途中の段階に御座います。閣下も仰った通り、その徴兵責任は各領主が負う形になる為、被服や銃の調達も領主が手配致します」

サリバンはそこまで言うと少し顔を上げて、プルザンヌ公の様子をおっかなびっくりに窺う。顎に手を遣り、続きを促す素振りを彼が示すと、幾ばくか安心した表情で口を開いた。

「その際、十分な資産を持たない領主は、兵士への装備充足を目的に、我が中央銀行へ融資を依頼する筈です！」

「……貴様の強権を以《もっ》て融資を断り、連邦軍編成を阻害して見せると？」

左様にございます！　とサリバンは顔を上げ、額に滲んだ汗を拭う。

「あくまで書面上は融資するに値しない資産状況であると結論付けますので、私と閣下との関係性が知れる事もございません！　如何でしょうか⁉」

サリバンは最早、提案という名の命乞いを見せた。

プルザンヌ公は数秒硬直した後、サーベルの柄部分を左手で撫でながら、ゆっくりと先程まで自分が座っていた椅子へと戻っていく。

「善《よ》し、やってみせよ」

壁際に誂《あつら》えたガラス窓の方に身体を向けながら、彼はヴィゾラ伯へ命令を出す。ヴィゾラ伯は執務机に置かれていた小袋を掴むと、サリバンへと手渡した。

「次回からは一層に報告を密にすること。手紙でも構わんから兎《と》にも角《かく》にも連絡を寄越せ、良いな⁉」

「しょ、承知いたしました！　それでは、早速段取りを進めてまいりますので……」

サリバンは背中を丸めながら、その歳に見合わぬ素早さで執務室を後にした。

「…………」

老人が居なくなると、今度は先程とは別種の緊張感が部屋を包み込む。

「あ奴は、まだ泳がせておくに値する人物か？」

椅子に座り直しながら手に持っていたサーベルを抜刀すると、彼は抜き身の刀身を机上に置いた。

「はい。まだ刃向かうような真似はしないかと」

「そう推察する理由を述べよ」

プルザンヌ公はシルクのハンカチを手に取り、神経質な手触りで刀身を拭いていく。

「あの平民爺は、オーランドの貴族達を殊《こと》の外《ほか》恨んでおります。特にパルマを治めるランドルフ家に対する意趣は、相当な物かと。あの老獪《ろうかい》の行動力の源泉が怨恨である限りは、我々の敵に回る事は無いでしょう」

「……貴様が先程袖の下を渡した様に、あの老人が再び買収される可能性は？」

拭き終わったサーベルを鞘に戻すと、彼は座ったままの姿勢でヴィゾラ伯へサーベルを手渡した。

「その可能性も低いかと」

サーベルを受け取り、元の壁に掛けながらヴィゾラ伯が答える。

「どれほど銀を積まれようとも、消える事の無い恨み。あの老人が抱いているのは、その様な恨みでございますので」

「……善し、疑義《ぎぎ》は晴れた」

己の中で合点が行ったプルザンヌ公が、僅かに頷く。

「して、今後の戦略ですが……如何致しましょうか？」

プルザンヌ公と対面する形で、執務机の前に立つヴィゾラ伯。彼は机の脇に寄せていたカロネード商会謹製の地図を広げながら、概略を説明する。

「現在我々が駐屯しているリヴァン市が此処《ここ》にあたります。当初の予定では、連邦軍が編成される前にコロンフィラへ進軍。その後速やかに首都タルウィタへ侵攻する予定でしたが……」

ヴィゾラ伯が、タルウィタの地点に赤の盤上駒を乗せる。

「部分的とは言え連邦軍が編成されつつある今、侵攻先について今一度考える必要があるかと――」

「タルウィタだ」

聞くまでもない。

「タ……」

初めから決まっていたかの様に、プルザンヌ公は次の進軍先を指し示した。

「タルウィタと仰いましたか⁉」

「そうだ。二度も言わせるな」

「お、お待ち下さい軍団長閣下！」

物理的な距離をアピールしようと、ヴィゾラ伯が地図上のリヴァン市とタルウィタを交互に指差す。

「リヴァン市からタルウィタまでは直線距離でも百五十キロは御座います！　補給が持ちません！」

「行く先々の村々から徴収しろ。略奪でも買収でも構わん」

「我が軍は総勢二万の大軍です！　現地調達で全軍を賄《まかな》うのは不可能ですぞ！　せめてコロンフィラを落としてから首都攻略を行うべきかと！」

必死に説得するヴィゾラ伯に対して、プルザンヌ公は無言でアトラ山脈付近の国境峠を指差した。

「……半年だ」

「は、半年？」

冷徹な声につられて、ヴィゾラ伯の熱も冷める。

「此度のオーランド戦役は、当初半年で完遂する事を是《ぜ》としていた。何故半年なのか、答えられるか？」

「半年と定めた理由……？」

父からの繰り上がりとは言え、ヴィゾラ伯は連隊総指揮官を拝命している人物である。彼はそれほど労せず答えに辿り着くことが出来た。

「……半年後には冬季が到来し、国境峠が積雪で使用不能になるから、でしょうか？」

「そうだ」

そう言うと、プルザンヌ公はリヴァン市からコロンフィラへと線を引き、続けてコロンフィラからタルウィタへと線を引いた。

「開戦当初に想定していたこの進軍経路、どれ程掛かる？」

「仮に戦闘が最も順調に推移したとして、お、恐らく二ヶ月強かと……」

指折りで行軍距離と進軍速度を計算しつつ、ヴィゾラ伯は辿々しく答えた。

「……開戦から現時点で、既に三ヶ月弱の月日が経過している。仮にコロンフィラの奪取に三ヶ月以上の時を要した場合、我々はタルウィタを目前にして、本国からの補給路を失う結果になるのだ。敵地で孤立した軍の末路など、余が言うまでも無いだろう」

プルザンヌ公はそう言いながら、国境峠に赤でバツ印を入れた。

「現状に於《お》いて、優勢たるは間違いなく我が軍だ。しかし時間は我々に仇《あだ》なし、敵に与《くみ》している」

彼は腰掛けていた椅子から立ち上がると、ヴィゾラ伯に背を向け、後ろ手を組みながら窓の外を眺めた。

「時が過ぎれば過ぎるほど、我々の優位は削《そ》がれて行く。連邦軍の編成、ラーダ王国の介入、そして国境峠の封鎖……悠長に事を構える暇は無くなりつつあるのだ」

「それは、そうですが……！」

「異論があるなら申してみよ。余はこの優勢を維持したままタルウィタへ侵攻し、短期決戦で降伏させるのが最も適切と見た。貴様であればこの戦況をどう見る？」

振り返らずに話すプルザンヌ公の背中と、卓上の地図を交互に眺めながら、声にならない呻《うめ》き声《ごえ》を上げるヴィゾラ伯。

数分の懊悩《おうのう》の後、観念した様子でヴィゾラ伯は口を開いた。

「現状につきまして、勘案いたしました……。軍団長閣下の案が、最も適切かと存じます」

「……善し」

振り返ったプルザンヌ公は、僅かに欣快《きんかい》の表情を浮かべていた。

全ての情報が出揃った状態で戦略的判断を下せる機会など無い。指揮官が行うべきは、限られた判断材料から信頼に足る物を選別し、次善の策を考案する事である。

戦場の霧が晴れる瞬間は、永遠に来ないのだ。

第四十四話：その家に生まれた者の責務

「融資を拒否ってどういう事ですの!?　せっかく国産の大砲という条件をクリアしてきましたのに!?」

「書面上では『再度審査した所、融資するに値しない財政状況である事が判明した為』とされていますね。大方、オスカー・サリバンの差し金でしょう」

「国家の有事を前にして足の引っ張り合いをしてる場合じゃないでしょうに！　あんのオジジめ……！」

エリザベスは怒り肩で部屋の中をグルグル歩き回り、パルマ女伯は壁にもたれかかって眉間に皺を寄せる。

「せっかく毛玉……エレン輜重隊長が大砲鋳造の約束を取り付けたのに、これでは彼女の努力が水の泡になってしまいますぞ!?」

オズワルドが、イーデンに向かって取り乱しながら叫ぶ。

「……カネの話は軍人の領分じゃねぇ。女伯閣下を始めとする領主様方の領分だ。悔しいが、俺達じゃどうにもならん」

壁際のパルマ女伯を一瞥し、イーデンが溜息を吐く。

「そもそも、なんでサリバン家がこんな嫌がらせをして来るんですの？　閣下とサリバン家の間に何があったんですの？　以前コロンフィラで領主様方とお話しした際にも、少し話題に上がってた様な――」

「その話は、少し長くなりますぞ」

エリザベスの質問と同時に士官詰所の扉が開かれ、リヴァン伯が彼女の質問に答えながら入室してきた。

「ランドルフ卿、全領主の融資結果を纏め終わりましたぞ……ああ良い、楽にしたまえ」

自分に対して最敬礼の姿勢を取るエリザベス達を、リヴァン伯は手で宥《なだ》めた。

「……ふむ。ランドルフ卿、融資結果を貴卿へお伝えする前に、エリザベス嬢の質問に答えても宜しいですかな？」

彼は部屋にいる面子《メンツ》を気にしながら、パルマ女伯に伺いを立てた。

「構いませんよ。知っていた方が、この一件に対する理解も深まりますから」

パルマ女伯は目を瞑《つぶ》り、黙認の姿勢を取る。彼女に軽く会釈を返したリヴァン伯は、オズワルドの席を間借りする形で腰を下ろした。

「……本を正せば六十年前の建国当時まで遡る事になるな。当初、オーランドという国のあり方を巡って、立憲君主制を掲げるランドルフ家と、貴族議会制を掲げるサリバン家で対立が起きたのが、そもそもの始まりだ」

「その話は小官も士官学校時代に拝聴しました。ラーダを手本とするか、ヴラジドを手本とするかで、長く議論されたと聞いております。最終的には王の擁立《ようりつ》に失敗したランドルフ家が譲歩する形で、貴族議会制が採用されたと……」

「なるほど、士官学校ではそう教えているのですな……まぁ、無理もない」

机に置いたビーバーハットのつばを撫でながら、ふぅと一息つく。

「ランドルフ家。正確に言えば、当時のランドルフ家当主のウィリアム・ランドルフ卿は、最後まで貴族議会制を否定していらっしゃった……サリバン家の刺客に暗殺されるその瞬間まで、ですな」

「そ、それは……初耳です……」

自分が習った歴史とは全く異なる、血腥《ちなまぐさ》い真実を前にして、オズワルドの顔が青くなる。

「ヴラジド式の貴族議会は慣習上、平民が議長職へと就く決まりになっておる。もし貴族議会制が導入されれば、当然発議者のサリバン家が議長職を得る事になる」

「……サリバン家は、国政への介入を目論《もくろ》んでいたのですわね」

左様、とリヴァン伯は深く頷いた。

「庶子の家でありながら、議長という名の一議席を獲得出来る……。だからこそ、王が議長を兼務する立憲君主制を唱えるランドルフ家が、邪魔で仕方なかったのだろう」

「……対話による平和的な解決の余地は無かったのですか？」

「祖父は対話での解決を望んでいましたが、サリバン家はそうで無かった。それだけの話です」

オズワルドの青年将校らしい理想論に対して、パルマ女伯が無常な現実を叩きつける。

「……そもそも、なぜランドルフ家は貴族議会制を否定していたんですの？　王の有無がそんなに重要だったんですの？」

「ヴラジドの貴族議会制の惨状を見ていたからです」

エリザベスの質問に対し、目は閉じたまま、重く地面を這う様な声で呟く。

「祖父が現役だった頃のヴラジド大公国の貴族議会は、これ以上無い程に腐敗していた様です。収賄《しゅうわい》や暗殺が公然の元に横行し、政治機構としての役割はほぼ喪失していた、と」

今まで瞑っていた目を開き、いつもの三白眼でエリザベスを見た。

「ヴラジドには世襲の王族がおらず、代わりに貴族達が持ち回りで国を治める政体でした。王無きが故に、政情は常に不安定だった様です。ノール帝国に敗北した原因も、その政治腐敗にあったとされています」

「……あまり言いたくはないのですが、まるで」

「まるで今のオーランド連邦の様、ですな」

エリザベスの遠慮がちな呟きを援護する様に、リヴァン伯が声を重ねる。

「王の居ない貴族議会制を採用すれば、オーランドもヴラジドの様になってしまうと、ランドルフ卿は危機感を抱いたのでしょうな。故に貴族議会を持ちつつも、その頂点に王を戴《いただ》く立憲君主制を推し進めていたのです」

「我が国の現状を見るに、ウィリアム・ランドルフ卿のその懸念は正しかった様に思えます」

「余も同感である」

イーデンの吐露に、リヴァン伯が同意の挙手を見せる。

「ここまでが、今日《こんにち》までのランドルフ家とサリバン家との確執を生んだ最初の事件である。そしてもう一件、サリバン家とランドルフ家の隔絶を確固たる物にした事件があってな――」

「そこからは余が直々に話します」

パルマ女伯の声に、リヴァン伯の方を向いていた三人全員が振り向く。会話の主導権が自分に移った事を確認したパルマ女伯が、再度口を開いた。

「……今から十五年前、オスカー・サリバン主導の元、連邦中央銀行法という法律が推し進められていました」

「連邦中央銀行？　今のタルウィタ中央銀行とは違うんですの？」

皆が一様に察する空気の中、ラーダ人のエリザベスだけが合点が行っていない表情を浮かべる。

「そのタルウィタ中央銀行をより大規模にした物ですね。詳細を省いて結論から言えば、サリバン家が連邦中の金の流れを握る事になってしまう法律でした。当のサリバンはそれを巧妙に隠した上で、法案可決へと推し進めていましたが……」

自身の熱が上がってきたのか、パルマ女伯は扇子を口元で扇ぎながら話す。

「最終的に、真意を知った父が反対に票を入れた事によってこの法案は棄却されたのですが、その所為でサリバンの怒りを買ったのです」

「た、唯の逆恨みじゃないですの……。歳を重ねた長老の行動とはとても思えませんわね……」

連邦議会で感じたサリバンのイメージとは全く異なる狡猾《こうかつ》な本性を見せつけられ、エリザベスは愕然とする。

「そ、その後はどうなったんですの?」

「文字通り、あらゆる手を使って父を失脚させようと画策しました。命の危険をも感じた父は、自らその爵位を娘である余に譲り、国外へと逃亡しました」

「娘をパルマに残したまま国外へ逃亡したんですの……!?」

「貴族社会ではそこまで珍しい事でもありません」

パシッと扇子を畳むと、理解出来ないといった様子のエリザベスに、扇子の先端を向ける。

「貴族にとっての我が子とは、言い換えれば最も近しい利害関係者に過ぎません。父は娘を置いて逃げる方に利を感じた故に、実行した。それだけの話です」

「そんな、なんて酷い事を……!」

「おや」

パルマ女伯は珍しくキョトンとした様子で、エリザベスを見つめた。

「余の元に届けられたカロネード商会からの手紙……あれを見る限り、商家である貴女の家も、同じ様な考え方が浸透していたのでは？」

「そ、そんなっ！　こと……」

『当主にとって我が子とは、最も近しい利害関係者である』

一言一句、同じ言葉をカロネード商会の教育で叩き込まれていたエリザベスは、言葉を失った。

子供を利害関係者として見る。

それは言ってしまえば、教育という名の投資に見合うだけの利益を生み出せるかどうかで、子育ての可否が決まってしまうという事に他ならない。

私はその考え方が本当に嫌いだった。それが故に、私はあの家から逃げ出してきたのだ。

そんな不幸な境遇の私とは違って。

貴き者の家柄に生まれた子は、無償の愛を注がれて育てられるのであろうと。

だからこそ、家を継ぐ意志も生まれてくるのだろうと。

漠然と、そう思っていた。

「なぜ」

動揺を気取《けど》られない様に、震えそうになる口元を手で押さえながら話す。

「なぜ、その様な仕打ちを受けてさえ、閣下はパルマ辺境伯の爵位を継いだんですの？　その様な事情があれば、たとえ爵位の責務から逃れたとて文句は言われなかったでしょうに――」

「それが生まれ貴き者の務めだからです」

目の前の御仁は、考える素振りなど全く見せず、断固として言い切った。

「誉れ高きランドルフ家の一員として生を享《う》けた以上、余には偉大なる先祖達が治めてきたパルマの地を守る責務があります。そこに余個人の情を挟む余地など皆無です」

そう言うとパルマ女伯は再び扇子を開き、目を背けながら顔を扇いだ。

「……結局の所、パルマを守れなかったのは事実ですので、どの口が言うのかと罵って頂いて構いませんよ」

「此処にいる者は、今までの貴卿の働きをよく知っている。そう易々と己から卑下する姿勢は、褒められた姿では無いぞ」

「……失礼致しました」

リヴァン伯に窘《たしな》められ、彼女は伏し目がちに謝罪の言葉を述べた。

一方で、尋ねた側であるエリザベスも顔を伏せたまま、考えあぐねている。

「誉れ高き、家名に生まれた者としての、責務……」

女伯の放った言葉が、自身の心を深く抉《えぐ》る。

『私、エリザベス・カロネードは、カロネード家の嫡女《ちゃくじょ》である事の責任を深く受け止め、これにあっては、カロネード商会の跡取りとして、その責務を全うする事をここに誓います』

あの日破り捨てた誓約書に書かれていた言葉の重みが、今になってのし掛かって来る。

私は、軍人になりたいと言って家を出た。それは商人としての責務を放棄した事と同義だ。

そんな事は改めて言われなくとも分かっているし、今更この選択を変えるつもりも無い。

しかし、せめて。

「せめてケリはつけるのが、カロネード商会の跡取りとしての責務……！」

拳を強く握り込みながら、顔を上げる。

パルマ女伯も、フレデリカ大尉も、そしてクリス少尉も。己の責務に対して、自分なりの答えと矜持を以て応えたのだ。

己の責務から目を背けて逃げ回っているのは、私だけではないか。

その事を自覚した瞬間、考えるよりも前に口が動いていた。

「皆様！」

貸付拒否に対する打開策が見つからず、しばらく沈黙が続いていた場に、エリザベスの覚悟を纏った声が響く。

「……ラーダ王国です。ラーダ王国に対して、戦費融通の交渉を行いましょう」

「ラ、ラーダ!?」

全くの意識外にあった第三国の名前に、その場の全員が困惑の表情を浮かべる。

「エ、エリザベス嬢。他国に融資を求めるのは、サリバン家を説得するよりも遥《はる》かに難易度が高いと思うのだが……」

リヴァン伯が、目を白黒させながら尤《もっと》もな意見を述べる。

「はい、リヴァン伯閣下が仰る通り、ラーダ王国そのものを動かすのは厳しいかと存じますわ」

そう言うとエリザベスは、自身の胸に手を当てながら自論を展開する。

「先に結論から述べてしまいますと、ラーダ王国全体を説得させる必要は御座いませんの。より正確に言えば、リマ市に北方大陸極東事情を一手に任されている人物がおります。この方を説得できれば、資金調達も夢では無いかと存じますわ」

「……そんなに虫の良い話が果たして？」

リヴァン伯が疑いの眼差しを向ける。

「ベージル・バーク。リマ市の地主《ジエントリ》にして、王国会上院議員を務めている御仁ですわ。わたくしも何度か、お父様と共に謁見した事が御座います……。こ、ここでわたくしが嘘をつく理由などありませんわ！　信じて下さいまし！」

胸に当てた手をギュッと握りしめて、本心からの進言である事を訴える。

「ベージル・バークの名前は余も聞いた事はあります。直接会った事は未だありませんが」

パルマ女伯の援護射撃もあり、少しは疑念が晴れた様子のリヴァン伯。しかしまだ納得は出来ていない様子である。

「さりとて、ラーダ側には融資をする理由が無い。受け入れられる想像がつかぬぞ……」

「いえ、恐縮ながら……必ずしもそうとは限らないと思いますの」

エリザベスは首を横に振り、壁に掛けてあった北方大陸の地図を指差す。

「ラーダ側としても、このままノール帝国がその版図を拡げる事は看過出来ない筈ですの。北方大陸のパワーバランス崩壊に繋がりかねない事項ですから……。直接の参戦は難しくとも、間接的にノールの勢いを削ぐ為に、オーランドへ融資という名の肩入れをする。という形であれば、話を聞いてくれる可能性は高いかと存じますわ」

「う〜む……まぁ、北方大陸の現情勢を鑑みれば、不可能では無いと思うが……」

ひとしきり唸った後、リヴァン伯は最後の懸念事項をエリザベスへ打ち込んできた。

「こちら側の交渉材料はどうするのかね？　見返りが何も無しでは、相手も聞く耳を持ってはくれんだろう？」

交渉材料はある。

幸いにして唯一の切り札が。

「わたくし自身が、交渉材料になりますわッ！」

皆が驚愕の声を上げる前に、エリザベスは自分自身の身分を高らかに、そして堂々と名乗った。

「ラーダ王国会下院議員兼カロネード商会当主、エドワード・カロネードが嫡女、エリザベス・カロネードが会いたがっていると、ベージル・バーク卿にお伝え下さいましッ！」

オーランドの為。そして、自分の責務にケリをつける為。

エリザベスは再び、自らの故郷へと歩みを向けたのである。

第四十五話：姉妹になった日

いつからだろうか。

いつの間にか、自分の家に金髪の少女が住み着いている事に気付いたのは。

「お父様、稀に見かける金髪のお嬢様の名前は何と仰るんですの？　ご挨拶をしないと……」

「アレの事は気にしなくて良い。勉学に集中しなさい」


いつからだろうか。

その金髪の少女と私が、意図的に引き離されていると気付いたのは。

「お父様、金髪のお嬢様を最近見かけませんの。何処にいらっしゃるかご存知？」

「知らん、さぁ次の先生がいらっしゃる。教えを乞う身として相応しい振る舞いを忘れずにな」

その少女の事を聞くと、父は決まって、見たことも無い様な険しい表情をした。それがどうしても不安で、不穏で、脳裏にこびり付いていた。

「…………」

いつからだろうか。

その少女の事が気になって、夜な夜な家の中を探し回るようになったのは。

「後は、大砲倉庫くらいかしら……」

白いワンピースの裾を掴みながら、音を殺した小走りで廊下を駆け抜ける。

窓の外から聞こえてくる、パタパタという優しい雨音に紛れながら、お父様とお義母《かあ》様が眠る寝室を猫の様な足取りで切り抜ける。この辺の動作はもうお手の物だ。

使用人の見回り時間は頭に叩き込んだ。カロネード商会の言語教育には良い加減うんざりしていたが、お陰で見回りシフト表が読める様になった事には感謝している。

一つ飛ばしで階段を下り、一階へ降り立つ。裸足《はだし》のまま寝室を抜け出してきたせいで、木材のひんやりした感触が足裏へ直接伝わってくる。

床の冷たさを避ける為に踵を浮かせながら、ドアを二つ程開け、部屋を三つ程通り抜ける。そうするとやっと、我が家の倉庫に辿り着く。倉庫の扉の周りには、倉庫内に入り切らなかった長細い木箱が無造作に積まれている。大きさからして中身はマスケット銃だろう。

流石に肝心の鍵を忘れるなどというヘマはしない。錠前を開け、数センチほど扉を開いて倉庫の中を垣間見《かいまみ》る。徐々に扉を開け放っていくと、燃え尽きた暖炉の様な、寂しい焦げ臭さが鼻をくすぐった。ゆっくりと顔を出して中を覗いてみると、倉庫中央に鎮座する巨大な青銅砲と、そのすぐ側に焚かれた小さな灯りが目に入った。

「え、火事!?」

小さく叫んだ自分の声に反応し、灯りが僅かに揺れる。

「……だ、誰？」

大砲越しに、金髪の少女が恐る恐る顔を出す。倉庫のあちこちを歩き回っていたのか、顔が煤まみれになっている。

「やっと見つけた！　随分と探したんですのよ？　お名前は何と仰るんですの？」

握手をしようと近付くが、少女は中々近付こうとせず、大砲越しに距離を取って様子を窺っている。

「どうされたんですの？　何か不都合がございまして？」

「……お母さんとお義父《とう》さんが、貴女には近付いちゃダメって言うから」

自分が近付こうとすると彼女が距離を取ろうとするので、大砲の周りをグルグルと、追いかけっこの様に回り続ける形になってしまう。

暫くお互いに攻防を繰り広げていたが、三周ほど回った所で流石にその状況を可笑しく感じたのか、金髪の少女が失笑を漏らした。

「やっとご観念されたかしら？」

足を止めた彼女の前に佇み、右手を差し出しながら少女の顔を覗き込む。

「ご存知でしょうけど、わたくしはカロネード商会が嫡女、エリザベスですわ。貴女のお名前は？」

「……エレン・グリボーバル」

彼女は私から目を逸らしながら、まるで罪を自白するかの様なバツの悪い表情で、自身の名を述べた。

「グリボーバル？　シャーロットお義母様の親族の方？」

「うん。私のお母さんだよ」

その言葉を聞いて思わず飛び上がりそうになった。父からは、義母《はは》には子供など居ないと聞かされていたからだ。

「お義母様の御息女が、こんなに真っ黒な姿で、どうしてこんな所に……!?」

持っていたハンカチで、煤けたエレンの顔を拭く。

なぜ父がこの娘の事を隠していたのか。なぜ父と義母はこの娘を私と引き離そうとしていたのか。

数多くの疑問と猜疑心《さいぎしん》が私の脳裏を駆け巡ったが、先ずはこの子の煤を落としてあげねばと思った。

「こんな煤まみれになって……どんな仕打ちを受けてきたんですの？」

「あ、これは違うの。暇で大砲弄ってたらこうなっちゃっただけだよ。ご飯も着替えも貰えてるよ」

首周りを拭かれて、くすぐったそうにしながら、エレンは倉庫の入り口を指差す。そこには、食べ終わった食器や着替えなどが無造作に置かれていた。

「でも、この場所に閉じ込められたままなんでしょう？　鍵も掛けられてましたのよ……!?」

「まぁ、そこは、うん。自由にお外に出られないのは、ちょっと不便だねぇ～」

当人には何の落ち度も無いのに、エレンは申し訳なさそうに手を後ろに遣りながら答えた。

自分の娘をこんな所に閉じ込めるなんて、父と義母は何を考えているのか。驚きの感情が一段落すると、今度は義憤と不信の感情が己の中で鎌首をもたげる。

「……何か、欲しい物があれば持ってきますわよ？」

「え！　ダメだよ！　貴女が怒られちゃうよ!?」

大声を上げるエレンの口に人差し指を立てながら、新しいハンカチを手渡す。

「お父様とお義母様には気付かれない様にしますわ。毎週一度、またこの時間に会いに来ますので、何が欲しいのか考えておいて下さいまし」

「で、でも――」

エレンが答えるよりも先に、彼女の腹の虫が返事をした。

「あぅぅ」

「ふふっ……次は何か食べ物を持ってきますわね」

微笑を浮かべながらエレンの手を握り、外の雨音に耳を傾ける。徐々に雨足が弱まっている様だ。

私は急ぐ様な口振りで、彼女に最後の質問をした。

「そういえば、貴女はお幾つなんですの？」

「は、八歳だけど」

「ほ、本当に!?　わたくしも八歳ですわ！　何月生まれですの!?」

まさか同い年だとは思わず、今度は私が大声をあげてしまった。先ほどの意趣返しとばかりに、今度はエレンが私の口元に人差し指を立てた。

「えへへ、六月だよ～」

「……でしたら、十二月生まれのわたくしが妹ですわね」

鏡がなくとも、自分の顔が赤くなっているのが分かった。

むず痒《がゆ》い気恥ずかしさから背を向けると、そのまま入ってきた扉に手を掛けた。

「ご機嫌よう、エレンお姉様」

「またね、エリザベスちゃん」

こうして、私は彼女と再訪の約束をした。

今思えば、再訪を楽しみにしていたのは私の方だったのかもしれない。外出すら厳しく制限され、ひとりぼっちだった私に突然、同い年の姉が出来たのだ。我ながら喜ぶのも無理は無いだろう。

それ以来、折を見てエレンに自分の食事をあげる様になった。元々少食気味だった事もあり、自分の取り分が減った所で大した問題は無かった。むしろ食事を隠し持つ事の方が大分苦労した。

エレンは持ってきた料理をとても美味《おい》しそうに食べてくれた。それが無性に嬉しかったのを覚えている。

時が経つにつれて、元々は週一で会うという約束だったのに、どんどん会う間隔が短くなっていった。気が合って仕方がなかったのだ。敬語が外れ、冗談を言い合う様になり、いつしか一緒に外に遊びに行く約束まで交わした。

そしてほぼ毎晩会う様になってから、数日経ったある日。

私は両親を呼び出した。

「お父様、お義母様。お願いが御座いますの」

「なんだね改まって。忙しいから手短に済ませなさい」

「ご安心くださいませ、直ぐに済みますわ」

私は直筆の契約書を机の上に差し出した。

父が無言で内容を見つめる。

「……アレといつから会っていた？」

「三ヶ月程前からですわ。あとアレではなくエレンと呼んであげて下さいまし」

「……この契約書に書いてある事は、エレンとお前で取り決めたのか？」

「はい、エレンお姉様も私も、それを望んでいますわ」

エレン・グリボーバルを、正式にエレン・カロネードとして、我が家に迎え入れる事。

エレンと私とが、同じ部屋、同じ食卓で食事ができる様、取り計らう事。

月一度の外出許可日に、エレンを連れて行くのを許可する事。

家中において、エレンに行動自由権を付与する事。

「エリザベス。なぜ、そこまでしてあの子に構うの？　血の繋がりも無いのに……」

不思議そうな顔で義母が尋ねる。

「家族だからですわ。むしろ、なんでお義母様は自分の娘があの様な仕打ちを受けている現状を甘んじて受け入れているのですか？」

私からすれば、不思議そうな顔をする義母が不思議だった。

「それは……」

義母は言い淀みつつ、父の方を見る。

話を振られた父は、契約書に記されたエレンの名を指差しながら淡々と話した。

「彼奴《あやつ》には商才という物が全く無い。礼儀を知らず、口下手で、正式な交渉の場に立とう物なら一言も話す前に恐慌を来たす。アレが利益を生み出す様な存在になるとは到底思えん」

「……お父様は――」

この人は、エレンは家族として受け入れる価値すら無い。そう判断したのか。

「――新たな家族を迎え入れようとする時に、よりにもよって損得勘定を持ち出すのですか⁉」

「そうだ」

父は眉一つ、目線一つ動かさずに答えた。

「エレンは言わば負債だ。なるべく費用を安く抑える必要がある。食事と着替えの提供で十分だろう。それとも……」

契約書をトントンと指で叩きながら、父は苛立ち混じりに私へ質問を投げかけた。

「この契約書に署名した事で発生し得る費用を、十分に回収できる算段がお前にはあるのか？　エレンを雇用して、その雇用費に見合うだけの利益を上げられる計画があるのか？　あるなら今ここで述べなさい」

「……お父様は、家族を投資先と見なすんですのね？」

怒りに震える唇から、最後通牒を絞り出す。

大好きな姉に対して悪罵《あくば》を吐かれた事で、今まで私が両親に抱いていた不信感が、音を立てて確固たる怨色《えんしょく》の念へと変貌していく。

「それがカロネード商会だ。家族も利害関係者の一人として見てこそ、一流の商人たり得るのだ」

その通りだ。

「エレンお姉様を――」

私にとって、最早お前達は両親では無い。

「――侮辱するなッ!!」

只の利害関係者だ。

「家族を値踏みするのが正しき商人としてのあり方ならば、わたくしは商人になど成りたくありませんっ！」

それは、私が今までの人生の中で、最も己の激憤を露わにした瞬間だった。

「エレンを……！　お姉様を……！　カロネード家の一員として認めないと仰るのであれば、わたくしにも考えがありますわ！」

椅子を蹴って立ち上がり、壁に掛けてあったサーベルを引き抜くと、鞘を両親の方へ投げつけながら、刃の切先を自分の喉に突きつける。

「お父様！　選んで下さいまし！　貴方が大金を注ぎ込んで育て上げた、エリザベス・カロネードという名の投資先を失うか！　それともエレンを迎え入れるか！　今直ぐに選びなさい！」

「エリザベス、剣を置きなさ――」

「うるさいッ!!　さっさと選べ!!」

あまりの怒りに感情の制御が利かなくなる。

泣くまいとする程に、瞳が潤む。

砕けそうな程、歯を噛《か》み締《し》めた。

どれほど時間が経ったのか、熱量で蕩《とろ》けかかった頭では分からなかった。

父が羽根ペンを走らせる音が聞こえてきた頃に、漸《しばら》く朦朧《もうろう》とした意識が戻ってきた。

「お前を失う事による費用損失と、エレンを迎え入れる事による費用損失を比較した結果、後者の方が軽度の損失であると結論付けた。よって署名しよう」

その理由に憤りを覚える程の余力も、私には残っていなかった。

「しかし一つだけ、条件を付けさせてもらう」

「……なんですの」

逆手持ちしていたサーベルを順手に持ち直し、だらんと床に切先を付けたまま、私は尋ねた。

父は私が抜き散らしたサーベルの鞘を拾いながら、苦々しく答えた。

「嫡女であるお前を姉とし、エレンの方を妹とする」

◆

「あ、エリザベス！　どうだった？　どうだった⁉」

倉庫に入るな否や、エレンが飛び付いてきた。

「無事、私達は正式な姉妹になれるわよ」

「ほんとー⁉　流石私の妹だね！」

エレンがよしよしと、自分の頭を撫でる。

「ただ一つ、条件をつけられちゃったわ」

「え？　なになに？」

エレンの頭を撫で返しながら、私は答えた。

「私が姉で、貴女が妹になる事……わかった？」

「へ？　私の方が先に生まれてるのに？」

ごめんね、と言うべきなのか、分からなかった。

「……うぃ！　とりあえず分かったよ！　よろしくね！　お姉ちゃん！」

「ええ、よろしくね……」

エレンを両腕で抱き寄せて、呟いた。

「私の妹よ……」

◆

「おい……おいって！」

「んぅ……？」

窓から差し込んでくる光と、恐らく自分を呼ぶ声に反応して目を開く。

「やっと起きたか。交渉材料様が爆睡とは肝が据わってるねぇ」

声の主、オズワルドが馬車の扉を開けながら外へ降り立つ。

「着いたぜ。お前の故郷だ」

その言葉を受け窓の外へ目をやると、懐かしいゴシック様式の尖塔達が、自分を見下ろしていた。

「ん～～っ！　着いたのねっ」

馬車から降りながら伸びと欠伸《あくび》をする。

「大分前に着いてたぞ。パルマ女伯閣下はもう先に行ってるぜ」

目の前のリマ市庁舎を指差しながらオズワルドが話す。

「俺はここで留守番だ。後は頼んだぜ」

拳を突き出しながら、彼はニヤリと笑った。

「……言われなくとも、やってのけますわ」

出された拳を突き返しながら、エリザベスはリマ市庁舎の中へ消えていった。

第四十六話：融資交渉

「……そこまで言うのなら、交渉内容は貴女に一任しましょう。ただ、勝つ為の算段はあるのですか？　ベージル・バーク卿は変人なれど、かなりの切れ者と聞いていますよ？」

「商人時代にバーク卿とは何度か交渉した事がありますので、なんとなく相手の出方は把握しておりますわ」

急な訪問となった為、パルマ女伯とエリザベスは貴賓室での一時待機を申し付けられていた。リマ市庁舎の貴賓室は、よく言えば清貧、悪く言えば時代遅れな内装をしている。彫刻や金銀の装飾といった物は殆ど廃しており、張り出したアーチや広く取られた天窓といった、構造部分の美しさで勝負をしている様に見受けられる。端的に言えば、伽藍堂なのである。

「いつ来ても、つまらない内装ですわね」

最小限の装飾が施された椅子に腰掛けながら、これまた最小限の調度品が設置されただけの、特に貴い要素も無い貴賓室を見回す。

「ゴシックは面白さを競う様式ではありません。荘厳さや、その場にいる事の誉れを感じさせる為の様式です」

貴賓室の壁面大部分を占める、色とりどりのステンドグラスに手を触れながら、パルマ女伯が呟く。

「あら、建築様式にお詳しいんですのね」

「元々、ランドルフ家は設計士の家系です」

そう言えば以前、フレデリカからそんな事を聞いた気がする。

連邦議事堂に刻まれていた記念碑と、タルウィタの街並みを思い出しながら、ふとエリザベスの脳裏に疑問が湧いて出た。

「確か、タルウィタを設計したのも閣下の御祖父様なんですのよね？」

「そうですね」

今度は顔を目一杯上に向け、天井部分に張り巡らされた飛梁の構造を興味深そうに観察しながら答える。

「タルウィタは、ちゃんと外敵からの防御を考慮した街並みになっているんですの？　見た感じ、防壁も無い様に見えましたけど」

パルマもリヴァンも、そしてこのリマ市も、おおよそ都市と呼ばれるコミュニティは外敵への備えとして大なり小なりの防壁を備えている。

ところがタルウィタには防壁らしい防壁がない。強いて言えば、郊外との境界線上に検問が設けられている程度である。

「これは、余も伝聞で聞いた限りですが……」

上を向きすぎて首を痛めたパルマ女伯が、後ろ首をさすりながら答える。

「祖父は常々、都市に壁は不要と周囲に訴えていた様です」

「ぼ、防壁は不要⁉　何言ってますの⁉」

天井の高さ故に、エリザベスの一驚《いっきょう》が良く反響した。

「どうやって周囲を納得させたのかは不明ですが、祖父の意向があった事は確かだと聞いています」

「防壁の無い都市なんて聞いた事ないですわよ……首都防衛戦は大変厳しくなりそうですわね」

「敵の進軍路的に、次の目標はコロンフィラでしょう。首都の話をする前に、先ずはコロンフィラでの防衛を考えねばなりません」

コロンフィラ伯に再度相談しなくては、とパルマ女伯が椅子に腰掛けようとした時、貴賓室のドアが外側に開かれた。

「パルマ辺境女伯アリス＝シャローナ・ランドルフ卿。及びその臣下、エリザベス・カロネード少尉殿。大変お待たせいたしました、ベージル・バーク卿が罷《まか》り越《こ》してございます。どうぞこちらに」

手を僅かに上げて謝意を示し、スタスタと奥へ歩くパルマ女伯と、その背中を追うようにエリザベスも後に続く。

象一頭が易々と通れそうな高さを持つ両扉を抜けると、先ほどの貴賓室と同じく、だだっ広い空間と、中央にポツンと置かれた机と椅子が視界に入った。

「これはこれはランドルフ卿！　ようやっとお会いできましたな！　態々《わざわざ》貴卿にご足労頂かなくとも、私がパルマへ向かう事も出来ましたのに！　恐縮の極みにございます……」

ベージルが大きく、ゆっくりと手を叩きながら席から立ち上がる。

「リマ市の街並みは如何でしたかな？　もし宜しければ私自ら名所をご案内する事も……」

「結構です」

パルマ女伯は手を強く前に出し、接近してくるベージルを制する。

「左様でございますか、これは失礼をば……。日頃、名所案内を断られてばかりの身故、ご勘弁の程を……」

して、とベージルがエリザベスへと視線を移す。

「エリザベス・カロネード。まさか貴殿が周章《しゅうしょう》も隠さずに面会を求めてくるとは思いませんでしたぞ？」

パルマ女伯に見せた和かな表情を崩さずに、ベージルは自分へと握手を求めて来た。

彼は隠そうとしたのだろう。

しかし、僅かに見下したその目には、平民に対する侮蔑の念が確かに浮かんでいた。

「ご無沙汰ですわねベージル様。貴殿こそお変わりない様で……」

この男のスタンスは、初めて会った時から一切変わっていない。カロネード《わたし達》家の様な、力を持った市民階級を心底毛嫌いしているのだ。

ベージルの手を握り返しながら、エリザベスは言を連ねる。

「……いらっしゃるのでしょう？　もう一人、同席させたい人物が」

部屋の奥まった暗がりに目線をやりながら、ベージルに尋ねる。

「此度の交渉、お互い隠し事は無しで行きませんこと？　貴殿ほどの怜悧《れいり》な御仁であれば、私共の願意など既に把握していらっしゃるかと存じます。如何《いか》でか、建前の応酬なんぞを交わす必要がございましょう？」

ベージルの耳が、一瞬ぴくりと動く。

「さすが、さすが。見込み通り勘の良い……お嬢様ですなっ！」

彼は灰色の双眸《そうぼう》を大きく見開きながら、二度三度と大きく手を叩く。それは先手一本を取られた事に対する賛辞でもあり、同席人を呼び出す為の呼び鈴でもあった。

「では此方側の同席者を紹介致しましょう。とは言っても……」

柱の暗がりから、一人の男性が現れる。

「エリザベス嬢には、説明差し上げる必要すら無いでしょうが……」

自分とは対照的な白髪《しらが》混じりの黒髪。自分と同じ紫の瞳。そして自分とは正反対の価値観を持った人物が、パルマ女伯に会釈をする。

「栄えあるパルマ女伯閣下のご尊顔を拝し、誠に恐悦至極にございます」

いつか見た険しい目付きで、自分を一瞥すると、彼は名乗りをあげた。

「カロネード商会の当代、並びに王国会下院議員を拝命しております、エドワード・カロネードと申します……そこな家出娘の実父、と言った方が通じが宜しいですかな？」

金と兵器の融通依頼ともなれば、この男が交渉の場に出てくる事は容易に想像出来た。

故に、この身が交渉材料になり得ると踏んだのだ。

「お久しぶりですわね、お父様」

父に満面の笑みを送りながら、エリザベスは交渉の席に着いた。

◆

「まぁまぁ、貴国のご事情は理解できましたぞ。当代殿としては如何ですかな？」

「私も大方、理解致しました」

咳払いをしながら、エドワードが椅子に再度座り直す。

「……貴国の諸侯方が所望する銃は、合計一万丁で間違いないですかな？」

「左様にございますわ」

「並びに連邦軍編成において、不足している一万人分の被服及び装備調達に係る銀、占めて三十万テイラー。これも間違いないですかな？」

「ご認識の通りでございますわ」

エドワードが慣れた手つきで、借用契約書をその場で起票していく。まるで親子である事を忘れているかのような、他人行儀の姿勢で交渉が進んで行く。

「……エドワード殿、現実問題として銃一万丁のご用意は可能ですかな？」

相手の力量を試す様な、挑発じみた笑いを漏らしながらベージルが尋ねる。

「在庫している旧式のマスケット銃も動員すれば比較的容易に達成可能です。強いて懸念を述べるとすれば、輸送経路に幾許《いくばく》か気を遣う程度でしょう。バーク卿の方こそ、三十万テイラーともなれば易々《いい》軽々《かるがる》と持ち出せる金額では無いのでは？」

今度は仕返しとばかりにエドワードがベージルに食って掛かる。

「北方大陸外交全権大使の肩書を軽んじられては大変困りますなぁ。隣国が助けを求めているのであれば、それに全身全霊を以って応えるのが、大使たる私の役目ですぞ？」

議員二人がお互いに見栄を張り合う姿を、エリザベスは心底面倒臭いといった表情で眺める。

地主などの伝統的な特権階級で構成された上院と、新興商人などの資産階級で構成された下院。その議員同士ともなれば、お互いに言いたい事は山程あるのだろう。

「流石は大国たるラーダ王国ですのね。これだけの物資と予算を即決で用意して下さるなんて……」

しかし今は交渉締結に注力して頂きたい為、エリザベスは適当なお世辞と共に間へ割り込んだ。

二人はお互いの顔を一瞥した後、ベージルは腕を組んで宙を見つめ、エドワードは契約書作成に戻った。

暫し羽根ペンを紙面に滑らせる音が響いた後、ベージルが再度口を開いた。

「そちらの要求については承知致しましたぞ。ノール帝国の版図拡大は、我が王国にとっても好ましくない。貴国とノールとが敵対関係にある限り、我が国は貴国寄りの立場を示しましょうぞ」

エドワードから受け取った契約書を上下返しにすると、そのままパルマ女伯の手元へ置くベージル。

「……貴国の寛大なる処置に、厚く御礼《おんれい》――」

パルマ女伯が礼を述べ、羽根ペンを取ろうとした瞬間。

「閣下、まだですわ」

エリザベスがパルマ女伯の手を掴んだ。

「貴国からの要求をまだ伺っておりませんわ。署名の前に、ご教示頂きたく存じますの」

柔和な表情は崩さず、口調と語気だけを鋭く尖らせる。

「……おぉ！　おぉ、そうでしたな！　これはとんだ失礼を！」

エリザベスの短剣の様な詰責《きっせき》を受け、ベージルは一瞬顔を歪めた。

「いえいえ、とんでもございませんわ。ただ、契約時は同時署名を以って最終合意とさせて頂きたいですわね。せっかく直接交渉を行っているんですもの」

相手の面子を潰さない様、最大限に気を遣いながら言葉を選ぶ。

先方の要求を飲むと言った所で契約書を渡し、署名を促した後、自分側の要求を突きつける。商人時代によく見掛けた契約手法だ。

そんな要求は飲めないと先方が釈明しようものなら、自発的に署名したのだから責任を持ってくれと、さも相手方に落ち度があるかの様に攻め立てる腹積りだったのだろう。債権者が使う常套手段だ。

どちらにせよ、最終的に債務者である我々は相手の要求を飲む事になる。しかし、少しでもこちら側にとって不利になる点は排除しておかなければならない。

そうしておけば。

「では、わたくしめからの要望ですが……まず第一に、パルマ錫鉱山の優先採掘権を認めて欲しいですな」

「承知いたしました。しかし優先採掘権は本戦争終結から五年が経過した後に効力を発揮する形にして頂きたく」

　この様に、相手方の要求に対して条件を付けることも可能になる。

「ふむ。仕方ありませんな……」

　パルマ女伯が付けた条件を、渋々といった様子でベージルが飲み込む。

　その後は、ベージルが出した要望をパルマ女伯が条件付きで認めるという流れが繰り返された。

　リマからタルウィタへ向かう荷馬車の街道通行料の免除。しかし往路のみ。

　パルマ及びリヴァンにおける、ラーダ王国軍の軍事通行権の付与。しかし戦時のみ。

　その他、細々とした要求のやり取りが一段落した後、ベージルが大きく息を吐いた。

「うむ！　わたくしめからは、これで以上ですぞ。続いてエドワード殿、要求を述べなさい」

「承知いたしました。幸いにも、私からの要求は一点のみです」

　ですがその前に、とエドワードは前置きを挟み入れる。

「パルマ女伯様。娘の現身分について確認させて頂いてもよろしいでしょうか？」

「エリザベスの身分は余の臣下となります。加えてオーランド連邦軍砲兵少尉の肩書もありますね」

「承知いたしました。では……」

　エドワードは、グレーのコートジャケットの襟を正しながら、要求を述べた。

「エリザベス・カロネードの現身分取り消し。並びに即刻、ラーダへの強制送還を要求致します」

そう来るだろうと思っていた。

「……わたくし個人としては同意致しますわ。ただし、現在わたくしはパルマ女伯閣下の臣下です故、閣下のお言葉を以て最終合意とさせて頂きますわ」

私と引き換えに、オーランドはノールと互角に戦えるだけの銃と資金を得る事が出来る。小娘一人と引き換えとしては、これ以上無いくらいの好条件だろう。

軍団長の夢は、ラーダに帰ってからまた計画を練り直せばいい。それだけの事だ。

これで私は交渉材料としての役目を、そしてカロネード商会嫡女としての責務を果たす事が出来る。

「それが貴殿の要求ですね？」

パルマ女伯が父へ追認を求める。

「無論です。二言はございません」

それを聞いたパルマ女伯は、羽根ペンを脇に退けると、スゥーと息を大きく吸った。

「……我が臣下を手放す事は断じて拒否します。ご再考の程を」

「「えっ？」」

私と父が同時に声を上げる。

「もう一度言いましょうか？」

パルマ女伯は低く通る声で、ゆっくりと、一言一言、叩きつける様な声色で話した。

「エリザベス・カロネードの即刻引き渡しは断固として拒否します」

膝の上で拳を握り締め、敵意を剥《む》き出《だ》しにしながら言い放つパルマ女伯の姿は、まるで駄々をこねる子供の様に見えた。

◆

「あそこから交渉決裂でもしたらどーするおつもりだったんですの⁉」

リマ市を離れる馬車の中で、エリザベスがパルマ女伯へ喚《わめ》き散《ち》らす。

『エリザベスの強制送還時期は、本戦争が終結した直後とする』

それが、エドワードとパルマ女伯との間で交わされた、最終的な着地点であった。要するにエリザベスは、戦争が終わるまでの間はパルマ女伯の臣下でいる事を許されたのである。

「わたくしという小娘一人と引き換えに、余りあるメリットを受けられたんですのよ⁉　最終的に向こうが譲歩してくれたから良いものの、もし拒否されていたらどうなっていた事か……ちょっと！　閣下、聞いてますの⁉」

彼女はエリザベスの方を見ようともせず、外の景色を楽しんでいる様子だ。

「ねえ閣下――」

「言った筈ですよ？」

顔を戻しながら、凛とした声でエリザベスに向き直る。

「貴女の知識と手腕には百砲千銃の価値があると……いえ、今や銃一万丁を超える価値がありますね。それを失うのは大きな損失だとは思いませんか？」

「うぐぅ……」

何かしらを言い返したいが、単純に褒められている事情もあり、なんとも言い返す言葉が見つからない。

その姿を見たパルマ女伯の口角がみるみる上がっていく。

「加えてもう一点、貴女に忠告しておきましょう」

目を一段と大きく開き、四白眼と化した瞳を見せながら、彼女は恐喝《きょうかつ》した。

「貴女は余のモノです。許可無く余の元を離れる事は許しません」

初めて会った時と同じ、嗜虐的な笑みを浮かべながら、彼女はそう述べた。

第四十七話：我が砲を見よ

「この灰って何に使うの～？　重たいよ～！」

エレンが灰の入ったバケツを、引き摺る様にして運んでくる。

「炉の中身を保護するために使うんだ」

金属が精錬される場所、つまり路床の内部へと次々に灰を放り込んでいくイェジー。

「いくら反射炉が耐火レンガ製だっつっても、溶けた青銅がそのまま耐火レンガの上を流れると反射炉の寿命自体がアホほど縮んじまう。灰でレンガの表面を保護してやれば少しはマシになるし、レンガの継ぎ目を塞ぐ役目もあるんだ」

イェジーが小さなレーキを使い、灰を路床全体へと万遍なく行き渡らせていく。路床は、溶けた青銅が自然に鋳造孔へ流れる構造になっている。つまり外に向かって緩やかな傾斜が掛かっているのだ。路床の奥へと灰を送る為には、傾斜へ逆らうようにして、思いっ切りレーキを奥に伸ばす必要がある。袖を捲ったイェジーは、肩口までを灰まみれにしながら、灰を奥へ奥へと押し込んでいた。

「おし、こんなもんだろ。毛玉ちゃんよ、前に組長がマーキングしたレンガの位置を教えてくれ」

「うぃ〜」

耐火レンガの継ぎ目が緩んでいる箇所を、エレンが外側から叩き、イェジーが粘土の様な補修材を内側から塗って行く。

細切れにしたボロ布と粘土、そして灰などを混ぜたこの補修材は、レンガの補修材としては最もポピュラーである。鋳型用の粘土とほぼ同じ製法で作られており、たとえ千度を超える輻射熱《ふくしゃねつ》で焼かれたとしても溶ける事は無い。

「前にも聞いたかもだけど、どの反射炉もこんな形なの？」

マーキングされたレンガを木槌でコンコンと叩きつつ、エレンが尋ねる。

「いや、作る職人によって色々だ。煙突も、燃焼ガスを効率的に逃がす為に四本だったり、路床も楽器のリュートみたいな形だったりな。職人の数だけ炉の数があるんだ」

熱が籠もった口調で話すイェジー。エレンを大砲オタクと呼ぶのなら、イェジーはさしずめ鋳造オタクなのだろう。

「やっぱりイェジーさんも自分の炉を持ってみたいの？」

「そりゃ持ちたいよ。だけど腕もカネもコネも無いからな。当分は組長の下働きだよ」

イェジーが気の長い溜息を漏らしたが、その表情に倦怠の感情は浮かんでいなかった。

「……だけどもし、俺が自分の炉を持ったら、先ずはどデカい大砲を作ってみたいな！」

補修作業を終えたイェジーが、貴族のように白く染まった両手を握り込む。

「実はもう最適な配合比率は分かってるんだ！　銅百ポンドにつき錫が二十ポンド――」

「その比率じゃ、まともな大砲は作れねえぞ」

背後から割り込んできた声に、二人が驚いて振り返る。

そこには手拭いを腰からぶら下げたヨハンの姿。そして彼の肩越しでは、形成されたばかりの大砲鋳型達が、反射炉前の広場へ運び込まれようとしていた。

「「うおおおお‼　大砲の鋳型だ‼」」

二人は話し掛けてきたヨハンには目もくれず、彼の両脇をそれぞれ走り抜けて鋳型へと突撃して行った。

「これ鋳型の厚さどれくらいかな⁉　四ポンド砲だから一インチくらいかな⁉」

「これは良い粘土を使ってますね！　馬糞に藁《わら》、亜麻が良い具合に調合されてます！」

鉄の補強材で雁字《がんじ》搦《がら》めにされた、物々しい大砲の鋳型を前にして、若者二人がやんやの大喝采を上げている。

「危ないから下がってろバカヤロウ」

追い付いてきたヨハンに襟首を掴まれ、二人は運搬中の鋳型からズルズルと引き剥がされた。

「これ全部ヨハンお爺さんが作ったんだよね⁉　鋳造以外も出来るなんてすごーい！」

ヨハンに襟首を掴まれようとも、エレンは腕を鋳型の方へ目一杯伸ばしたままだ。

「むしろ鋳型を作る技術の方が、鋳造する技術よりも重要だ。如何にして完璧な鋳型を作れるかどうかが、良い品を……だから暴れるんじゃねぇ」

「あ～持ち上げないで～！　もう暴れないから～！」

暫く宙に持ち上げて吊るした後、ヨハンは手足をバタつかせるエレンを地面に降ろした。

「やはり設計図通り、中子は使わないんですね！」

砲腔用の中子が挿入されていない為、鋳型は虚無のような黒い口を開けたままだ。加えて拘束具のように巻かれた鉄製補強材の所為で、まるで捕獲された巨大ヒルの様な外見をしている。

「中子を使わなくて良い分、鋳型の作成難易度は圧倒的に低い。これは砲口掘削式の明確な利点だな」

砲腔となる中子は、鋳型の中で完璧に固定されている必要がある。鋳造後、中子の部分は砲身内部、そして薬室の形状そのものになるのだ。鋳造中に中子がズレたり浮いたりする事は決して許されない。


『中子を真っ直ぐに固定する』


言葉にすれば至って単純で淡白なこの命題が、ヨハンを始めとした数多くの大砲職人を苦しめていたのである。中子を固定する為に、彼らは何度も脳漿《のうしょう》を絞り、首輪《カラー》と呼ばれる多種多様な固定具を生み出し、幾度もの改良が施されてきた。

新しい中子の固定方法が考案されるその度に、大砲職人が鋳型を完成させ、鋳造を行い、砲口を覗き込んでみては落胆するのを繰り返してきたのだ。

それに比べればヨハンの、もといエレンが編み出した砲口掘削方式は画期的である。中子ではなく、ドリルを真っ直ぐに固定出来ればそれで良いのである。それも、千二百度の溶湯《ようとう》が鋳型に流し込まれている間、延々と中子を真っ直ぐに保持し続けなければならない従来の鋳造方法に比べれば、よほど簡便で容易な製造法と言える。

「炉の修繕は終わったか？」

「はい！　言われていた修繕箇所は対応完了しました！」

イェジーがいつもの二指の敬礼と共に報告を行う。

「よし、予熱を始めるぞ。炉の温度を千二百度まで上げろ」

「承知です！」

木炭の集積所へ全力疾走していくイェジーの後ろ姿を、エレンは目で追った。

「使うの木炭なんだね。石炭じゃないんだ」

「木炭の方が火力の調整は楽だ。特に新しい製造方法を試したい時は、木炭の方が融通を利かせられる」

ヨハンが燃焼室の様子を覗き見ながら答える。

「加えて最近、ラーダの石炭価格が急に上がり始めてな。代わりにノールの商人から買い付けようとしたんだが、ラーダ商人が石炭購入の優先権を持ってるとかで売ってくれねぇ」

「ふーん、そうなんだ〜」

エレンが露骨に興味の無さそうな返事をする。

「大砲以外の話になると、別人の様に静かになるなお前」

何処からともなく取り出した黒パンに齧り付く彼女を、ヨハンは怪訝な表情で見つめる。

「……お前、イェジーが言った青銅の配合比率、何処が間違ってたか分かるか？」

「うん、分かるよ！　イェジーさんが言ってたのは鐘を作る時の配合比率だね！」

大砲の話に戻った途端、水を得た魚の様にエレンは話し出した。

「銅百ポンドに対して錫を二十ポンドも加えちゃうと、確かに流動性は確保できるけど脆《もろ》くなっちゃうよね！　鐘はせいぜい叩かれるだけで済むけど大砲は爆圧が掛かるから、錫の割合は十ポンドくらいまで少なくした方が――」

先日までのヨハンであれば、矢継ぎ早に言葉を繰り出すエレンの姿を和やかな顔で見つめていた事だろう。しかし今の彼は、まるで熟考の末に言葉を絞り出す時のような、険しい表情をしていた。

「もっと言えば鉛も入れたほうが良いね！　十ポンドくらい加えれば良いのかな？　あとは真鍮も少し――」

「お前、いつから大砲について学び始めた？」

「……え？」

ここに来てやっとエレンは、ヨハンの表情が険しくなっている事に気付いた。

「お、お爺さんどうしたの？　そんな怖い顔して……な、何か気に障る事しちゃった？」

　黒パンを両手に持ったまま、みるみる縮こまっていくエレンの姿を目の当たりにして、ヨハンは一つ嘆息を吐いた。

「お前が今述べた金属の配合比率は、カロネード商会が作る大砲の成分と完全に一致している」

　エレンの顔が強張り、その背中がますます小さくなっていく。

「しょ、商売敵の大砲について凄い詳しいんだねぇ」

「当たり前だ。ラーダん時はバチバチに戦《や》り合《あ》った仲だぞ。奴らの手の内は把握してる」

　彼の容赦ない追及を受けたエレンは、とうとう俯いたまま言葉も発しなくなってしまった。

　物言わぬ毛玉を横目に据えながら、ヨハンは腕を組んだ。

「……百対十で配合された青銅に対して、少量の鉛や真鍮合金を加えるのはカロネード商会特有の配合方法だ。しかも俺が知る限り、この配合を知っているのはカロネード家の身内だけだ」

　大砲の製造方法は、どの職人組合であっても企業秘密である。それ故に、大砲の元となる青銅の配合比率、鋳型の厚み、粘土の材料、炉の構造など、大砲製造に関わる全ての工程は組合によって千差万別の様相を呈している。

　その中でエレンは、カロネード商会の大砲鋳造時に使われる配合比率を、ポンド数に至るまで完璧に言い当てたのである。

偶然当たってしまった。

そんな言い訳など、通用する筈がなかった。

「お前、カロネード商会のモンだろ」

今まで横目でエレンを眺めていたヨハンが、俯く彼女へと真っ直ぐな視線を注ぐ。

「……ちょっと前まではそうだったけど、今はもう違うよ」

消え入りそうな声でエレンが呟く。

「お姉ちゃんと一緒に家出してきたの。だからもうカロネード家じゃないよ」

敵じゃないから怒らないで。

縮み上がったエレンは、捕食される寸前の小動物の様だ。

「あのカロネード商会の身内でありながら、ノールとラーダのハーフ。オマケに姉のエリザベス・カロネードとは異母姉妹、か」

カロネード商会と散々に鎬《しのぎ》を削ってきたヨハンには、おおよそ、彼女の来歴について目星が付いていた。

ラーダ王国にてその名を馳せるカロネード商会は、平民の家でありながら貴族のような世襲制を採用している。となればカロネード姓を持つエリザベスが本命の跡取りである事は自明だ。

よって、今眼前に居るエレン・グリボーバルという少女は。

「お前がカロネード商会でどんな目に遭ってきたのか。それぐらい俺にだって想像は付く」

さしずめ厄介扱いだったのだろう。

「前にも言ったかもしれねぇが、お前の知識は歳不相応だ。尋常じゃねぇ」

自分を馬鹿にしてきた人達を見返してやる。

そう言い放ったエレンの真意を、ヨハンは優しく掬い上げた。

「……悔しかったろう？」

堰《せき》を切ったように。

エレンの目から、大粒の涙が幾つも零《こぼ》れ落《お》ちた。

泣きじゃくる事も無く、嗚咽を漏らす事も無く。

ただ静かに、幾筋もの涙が彼女の頬を伝い、流れていった。

「組長！　お待たせ致しました！　木炭で――」

「足りねぇぞ、もっと持って来い」

イェジーに背を向けたまま、ヨハンが即答する。

「え⁉　し、しかし、前回の空焚きと同じ木炭の量ですよ⁉」

「足りねぇって言ってんだろ、さっさと追加の木炭持って来い」

「しょ、承知です！」

一瞥もせずに断定するヨハンを不思議そうに眺めつつ、イェジーは木炭集積所へと走っていった。

若くとも、彼女は職人である。

ならば泣き顔は見せたくあるまい。

それが職人という生き物なのだ。

◆

『大砲を造る』


大砲とは無縁の生活を送ってきた人々が、この言葉を聞く時。彼らの殆どが思い浮かべるのは、大砲の鋳造場面だろう。

反射炉から鋳型へと、溶けた青銅を流し込む。数日掛けて冷やし終えた後、鋳型をハンマーで壊し、生まれたばかりの青銅砲を取り出す。

けだし大砲製造において、鋳造の工程は非常に重要である。駆け出しの職人であれ、自前の炉を持つ鋳物師組合長であれ、鋳造を軽視する者など居ない。

彼らにとって鋳造とは、最も危険な工程であると同時に、最も華やかな工程でもあった。今までの準備や労力、技術や執念が此処一点に集中する、言わばクライマックスである。

それは、ヨハンの反射炉で行われた大砲鋳造においても同様だった。

湯道から白熱した青銅が現れ、溶けた青銅が鋳型へと流し込まれ、顔に吹き付ける熱波と共に鋳造が行われる。

その二十四時間に亘《わた》るアトラクションは、鋳造の噂を聞きつけて街からやって来た見物客達をも大いに沸かせたのである。

「お姉ちゃん、そっちはどう～？」

しかし当然ながら。

大砲は鋳造のみによって成される訳では無い。

鋳造というクライマックスを迎えた後であっても、まだまだ大砲製造は続いていくのだ。

「動力は準備完了よ！　パイパー頑張って！」

巨大な木製の水平棒に、我が愛輓馬《ばんば》を括り付けたエリザベスが、真上に向かって叫ぶ。

「良し。大砲の固定はどうだ？　ドリルがど真ん中をぶち抜けるように位置調整してくれ」

エリザベスの頭上では、ヨハンが垂直に立てられた掘削用ドリルの固定を行っている。

「ドリルの影はぴったり大砲の砲口と一致してるよ！　今の位置がベスト！」

ヨハンの更に頭上では、エレンが逆さ宙吊りにされた大砲の位置調整を行っている。

反射炉の隣へ、新たに作られた建造物。巨大なサイロ染みた、細長い塔。

その中では今まさに、エレン自ら図面を引いた垂直式砲口掘削装置が初仕事を迎えようとしていた。

「よし、エリザベス。試しに馬を動かしてみてくれ」

「分かったわ！　ほらパイパー！　仕事よ！」

徒歩で先進するエリザベスに手綱を引っ張られたパイパーは、一度面倒くさそうに鼻を鳴らした後、ゆっくりと並足《なみあし》で水平棒を牽引《けんいん》し始めた。円形状に設けられた地下広場をパイパーがグルグルと周回する。すると彼女の動きに連動して、大小様々な歯車達が回り始めた。

上へ上へと向けられた動力は、最終的にエレンの居る最上階へと届けられ、重苦しい音と共にゆっくりと、大砲が回転を始めた。

「やった！　ちゃんと大砲回ってるよ！　回転軸も全然歪んでない！」

エレンが両手を叩き、飛び跳ねながら喜ぶ。

「よし、イェジー！　大砲を下ろせ！　毛玉式大砲掘削法のお披露目だ！」

普段は仏頂面のヨハンも、全く新しい製造法を前にして熱意と興味を抑えられずにいる。

「承知しました！　大砲降下！　降下！」

イェジーがクレーンの舵輪を、まるで航海長の如く回転させ、大砲を徐々にドリルへと降ろしていく。

「よい、しょっと……上手くいくかしらね？」

地下から戻ってきたエリザベスが、ヨハンと肩を並べる。

「まぁ見てな。これが、お前の妹さんの力だ」

ヨハンがそう述べると同時に、大砲がドリルへと突き立てられる。凄《すさ》まじい衝撃音を警戒したエリザベスは、思わず耳を塞いだ。

「……あれ？」

恐る恐る耳から手を離してみると、ドリルは甲高い弦楽器の様な音を響かせながら、砲腔を掘り進めていた。

「……昨日の鋳造に比べると、なんともお上品ね」

思っていた程の迫力が無く、安心半分、期待外れ半分といった表情を見せる。

「工程の重要性と迫力は、必ずしも比例しない。鋳造ほどの派手さは無いが、重要な工程である事は変わりない」

ヨハンは腕を組み、満足そうに頷いた。

「ヨハンお爺さん～！　どんな感じ～？　上手く削れてる～？」

見上げてみると、最上階の手摺からエレンが顔を覗かせている。

「あぁ、順調だ」

「やった〜！」

再び最上階で飛び跳ねるエレン。彼女が事あるごとに跳ね回るせいで、木屑や塵が二人の頭上へ降り落ちてくる。

「エレン！　上で飛び跳ねないで！　アンタのせいで凄いゴミ落ちてくるんだけど⁉」

エリザベスが頭上の妹に向かってクレームを入れている間も、ヨハンは眼前の砲口掘削を食い入る様に見つめていた。

「……見事だ。エレン・グリボーバル」

それは、エレンの野望が成就した瞬間だった。

第四十八話：遊撃騎馬砲兵隊、結成！

ノール軍の次期侵攻先はコロンフィラであると踏んでいた連邦諸侯達にとって、ノール軍の首都侵攻開始の一報は、彼らの心中に青天の霹靂《へきれき》たる感情を湧かせるに余りある衝撃を持っていた。

遠い北の辺境で立ち昇った戦の炎が、今明確な意志を持ってこのタルウィタへと迫っている現実を、彼らはこの土壇場で漸く認めたのである。

「連邦軍の集結地点をコロンフィラからタルウィタへ変えなければ！　誰ぞ行軍指揮が出来る者はお

らんのか⁉」

「軍を移動させるだけなら誰にでもできよう！　誰でも良いから今すぐコロンフィラへ向かわせたまえ！」

「そもそも連邦軍の編成はまだなのか⁉　既に編成決定から一ヶ月は経過しておるぞ⁉」

「サリバン議長はどこに行った⁉　あの老耄《おいぼれ》、肝心な時に議会を欠席するとは何たる不届き者か……！」

議長不在のままに催行された臨時連邦議会は案の定、紛糾の渦中にあった。連邦諸侯達は、自分達の領地から徴兵した兵士の数こそ把握していたが、オーランド全体としての部隊規模数までは把握出来ていなかったのである。より正確に言うとするなら、誰も把握しようとしていなかったのである。

「どうか静粛に！」

ただ一人。

「編成途中で軍集結地点を変更するのは更なる混乱を招きます！　完全編成まで待ち、全軍集結を確認次第、タルウィタへと軍を移動させるべきかと！」

すり鉢の中央で、渦を掌握しようと奮闘するコロンフィラ伯を除いて。

「オーランド連邦軍の指揮は、コロンフィラ伯である余が直々に執りましょう！　連邦軍諸侯の面々、並びに畏《かしこ》くも辺境伯のお歴々におかれましては、各々の領地から徴兵した兵士の員数並びに兵種を取り纏めて頂き、余の元へ書状を以ってご報告をお願いいたします！」

自ら旗振り役を名乗り出る事により、事態の沈静化を図るコロンフィラ伯。しかし、所詮は一伯爵である彼一人の力では、場を収めるまでには至らない。

「編成が完了していない領地はどの様に報告すれば良いのだ!?」

「タルウィタ中央銀行からの融資承認がまだ降りていない場合は!?　カネが無い事には徴兵も軍備もままならんぞ!?」

「オスカー・サリバンに再度融資の陳情を行おうと思っていたのに、本人が不在とあってはどうにもならん！」

口々に自分の要望と問題を叫ぶ連邦諸侯の姿に、コロンフィラ伯はいよいよもって辟易《へきえき》の念を抱かずにはいられなかった。

「き……貴様らそれでもオーランド諸侯か!?　一々狼狽《うろた》えるな！　良い加減に――――！」

コロンフィラ伯までもが議会の渦中に呑まれようとした、その矢先。

連邦議会にピストルの銃声が轟《とどろ》いた。

「なっ――!?」

銃口より発せられた鋭い黒色火薬の発砲音が、議事堂内の壁に反射して響き渡る。その頭に残る残響音に、思わず諸侯の幾人かが耳を塞いだ。

「皆々様。議事堂内では、お静かに」

連邦議事堂の入り口。両扉を背にしたエリザベスが、ホイールロックピストルを構えながら和やかに述べる。議事堂天井に向けられたその銃口からは、黒色火薬の硝煙が立ち昇っていた。

「パルマ辺境伯アリス＝シャローナ・ランドルフ、並びにリヴァン辺境伯ジョン＝パトリック・アスター卿。只今ラーダ王国より帰参致しました」

エリザベスの背後に立つパルマ女伯の声が、静まり返った議事堂内に朗々と響いた。

◆

「なるほどな。庶民の癖に自分を交渉材料にするたぁ、貴族みてえな事するじゃねぇか」

「貴族ではありませんけど、商家の娘ではありますので。自分の市場価値という物は把握しておりますわ」

コロンフィラ伯とエリザベスの二人が、並んで目抜き通りを東へ歩いて行く。

ノール軍が接近している事はタルウィタ市民達の間でも周知の事実ではあったが、世は並《な》べて事も無しと言った様子で、市民達は普段と同じ営みを続けている。

「んで、わざわざ連邦議会から俺を引っ張り出して来た理由は何だよ？」

コロンフィラ伯が、背後の連邦議事堂を親指で指差しながら尋ねる。

つい先程まで白熱の最中にあった連邦議会は、パルマ女伯とリヴァン伯、そして二人が持ち帰ったラーダ王国の借用契約書の力で、一気に鎮静化していた。

「少しお願い事が御座いますの。街外れまでご一緒頂けないかしら？」

「お前ん所のご主人みたいな長話は御免だぞ。さっさとコロンフィラに戻って軍を纏めにゃならん」

彼は後ろ髪を掻きむしりながら溜息を吐いた。

金と武器の目処はついたとはいえ、オーランド連邦軍を真っ当な軍隊として機能させる為には、やらねばならぬ事が山積みである。溜息の一つくらい出ようものである。

「それほどお時間は頂きませんので、ご心配無く～」

道案内の為、数歩先を進みながらエリザベスが答える。

「……にしても、お前の親父さんも薄情だよな」

彼はエリザベスの後頭部に言葉を投げかけた。

「薄情？　どうしてですの？」

「普通、自分の娘を前にしたら、何がなんでも取り戻そうと躍起になるもんだろ？　だのにランドルフ卿の一言で易々と引き下がるなんてよ、娘なのに薄情だとは思わないのか？」

「別に思いませんわよ？」

振り向かず、歩調を少し速めながら答える。

「商家の人間は、家族も利害関係者として見做《みな》しますわ。恐らくお父様の中で、わたくしを無理矢理カロネード商会へと連れ戻すコストと、このままオーランド連邦軍に残すメリットとを比較検討したんでしょうね」

「……その結果、お前を連邦軍に残しておく方に利益を見出したって事か？」

そうですわ、とエリザベスは短く答えた。

「お父様の立場からすれば、オーランドの敗北は貸し倒れを起こす事と同義ですの。娘をオーランドに残して少しでも連邦側の勝算を上げる方が、自分にとっての将来的な利益になると考えたのでしょうね」

「そんなモンかねぇ。親なら損得勘定抜きで娘を取り戻そうとすべきだと思うけどな」

コロンフィラ伯は顎の無精髭をガリガリと弄りながら、顰め面のままに歩を進める。

「……娘の為にそこまでしてくれる父親だったら、どんなに嬉しかった事でしょうね？」

エリザベスは振り向き、作り笑いを見せながら呟いた。

彼女の地雷を踏み抜いたと直感で理解したコロンフィラ伯は、申し訳無さそうに咳払いを漏らすと、謝罪の言葉を述べた。

「コホン……すまない、貴様の苦衷《くちゅう》を軽んじた発言であった。詫び申し上げる」

「お気になさらず。それにしてもコロンフィラ様は、その……生まれ貴い御仁にしては、はっきりした言葉遣いをなさいますのね？」

言葉遣いが汚いと言う訳にもいかず、適当に暈《ぼか》してみたが、コロンフィラ伯には筒抜けだった。

「口汚いって言いたいんだろ？　自覚はあるさ」

左頬の切り傷をさすりながら、彼は自嘲気味に笑う。

「デュポン家は他の地主共と違って、戦士階級上がりの家系だ。お作法を学ぶ機会に恵まれなかった、哀れな家柄だよ」

十字路に差し掛かり、交差点を横切ろうとする馬車に道を阻まれ、二人が横並びになる。

「またまたご謙遜を……そういえば馬車の方はお使いになりませんの？　貴き御仁が御御足《おみあし》で移動なされると目立ちますわよ？」

彼が身に纏っている深緑のコートを横目で見ながら尋ねる。

「街外れなんだろ？　わざわざ馬車なんて使わなくても良い距離だ」

彼は右手に向かって走り去って行く馬車を苦々しく見つめる。

「馬車は遅いし窮屈でかなわん。手前で馬を駆る方が何倍もマシだ」

彼の左胸に佩用《はいよう》されたコロンフィラ騎士団の大綬章が、自己主張するかの様にキラリと光った。

「コロンフィラ騎士団、でしたっけ？　リヴァン市退却戦では、その勇姿を存分に拝見させて頂きましたわ」

「大分、手垢の付いた称号だけどな。今じゃ、騎士ですら無いヤツまでコロンフィラ騎士団員になってやがる」

「あら、今は騎士でなくとも騎士団員になれるんですの？」

再び一歩前に出て道案内を始めたエリザベスが首を傾げる。

「成金庶民共が銀貨を引っ提げて頼みに来るんだよ。『私にも騎士団員の称号を授けて下さい』ってな」

負い目を感じてほしく無い為か、コロンフィラ伯はエリザベスから目を逸らしながら述べた。

「あぁ、そういう事ですのね。コロンフィラ様はそれを受け入れてるんですの？」

「無論、受け入れてるとも。勲章一枚で結構な額の銀が貰えるんだ。受けない道理が無い」

青銅で出来た大綬章を指差しながら、意地汚い笑顔を見せる。

「騎士団員の中には、騎士団章の乱発に反対する方もいらっしゃるんじゃありませんの？」

「昔はそんな事ぬかす奴も居たな。だが今じゃ四の五の言ってらんねぇよ……もう、誇りで飯が食える時代は終わったんだ」

そう述べるコロンフィラ伯の顔は、どこか寂しげだった。

二人はその足取りのままに街を抜け、石畳《いしだたみ》から未舗装の街道を進む。暫く歩き続け、耐火レンガの二本煙突が見えてきた辺りで、エリザベスの足が止まった。

「お待ちしておりました。コロンフィラ伯フィリップ・デュポン卿」

出迎える様にして片膝を突いたのは、パトリック・フェイゲン大佐だった。

「……これはこれは誰かと思えば。リヴァン退却戦の総大将さんじゃありませんか。余に何か御用で？」

両手を広げながら、コロンフィラ伯が問う。

「態々ご足労頂き、感謝の念に堪《た》えません。この度は、是非に、コロンフィラ伯閣下のお力を拝借出来ればと、考えた次第に御座います」

「お力を拝借――？」

コロンフィラ伯が、膝を突いたフェイゲンの背後に目を遣る。そこには、エレン・カロネードとヨハン・マリッツ。

そして、たった今完成したばかりの新式カノン砲の姿があった。

「ほう、見事な砲金色ではないか。新式か？」

「仰る通りに御座います」

後ろにフェイゲンを従えながら、コロンフィラ伯がしげしげと騎馬砲を観察する。

「……四ポンド砲にした理由は？」

「機動力と火力の両立を目指した結果に御座います」

「八門全てを四ポンド砲に統一した理由は？」

「一言で申し上げれば、互換性故でしょう」

「互換性？」

金色に輝く八門のカノン砲を指差しながら、コロンフィラ伯はフェイゲンへ質問を投げかけた。

「砲身を統一すれば、大砲の使用部品を共有化出来ますわ。破損した大砲の部品交換や、共食い整備の際に便利ですの」

フェイゲンの代わりに、編制表を小脇に抱えたエリザベスが口を開く。

「理屈はわかるが、砲を一種に限定すると柔軟性に欠けるぞ。四ポンドでは敵の防衛線までは落とせん。当然、十二ポンド砲と比較して散弾の威力も低下する。騎兵に対してかなり脆弱になるぞ？」

「はい、通常の野戦砲兵の観点から見れば、コロンフィラ様の仰る通りですわ」

通常、の部分を強調しながら、エリザベスは編制表をコロンフィラ伯へ手渡した。

「……遊撃騎馬砲兵隊？」

聞き慣れない編成部隊名に眉毛を八の字に曲げながら、手渡された内容を音読する。

「ノール軍兵力の漸減《ぜんげん》を目的とした遊撃砲兵……邀撃《ようげき》用の騎馬砲兵部隊……？」

彼がある程度の内容を読み込んだ所で、フェイゲンが口火を切った。

「コロンフィラ伯閣下も勘付かれているかと存じますが……此度の戦、首都防衛戦は避けられぬ運命にあると、小官は考えております」

連隊長を示す金のパイピングが随所に施された制帽を深く被り直しながら、フェイゲンが喉の奥で息を溜める。

「タルウィタには防壁がありませぬ。籠城戦は下策となるでしょう。故に決戦は野戦となる可能性が高いと見ております」

フェイゲンが東の端に見える、簡易な検問所に目を移す。

「彼我の戦力は双方約二万。そのまま野戦で干戈《かんか》を交える事になれば、我が軍の勝利は厳しい道のりになるでしょう」

その為にと、彼は砲金色の火砲達を恭しく紹介する素振りを見せた。

「ノール軍がタルウィタへ到達《こ》する前に、出来る限り敵戦力を削らなければなりません」

「……その為に、機動力のある砲兵隊を新たに編成したいって訳か」

「左様にございます、コロンフィラ伯閣下……いえ、オーランド連邦軍軍団長閣下。どうか、遊撃騎馬砲兵隊の編成御許可を賜《たまわ》りたく」

頭を下げたまま微動だにしないフェイゲンと、顎下に指を当てがい、無言で編制表を眺め続けるコロンフィラ伯。北方大陸の秋特有の、身を削る様な冷風が反射炉の煙突から吹き下ろされ、彼らの足元を駆け抜けていく。

「……馬はどうする？　騎馬砲兵なら砲兵全員を騎乗させねばならん。かなりの数が要るぞ？」

「パルマ軽騎兵中隊長のフレデリカ・ランチェスター大尉が、軍馬の譲渡を申し出てくださいました。騎乗訓練は必要ですが、必要数は確保可能かと――」

「待て、軍馬の譲渡と言ったか？」

説明を聞いたコロンフィラ伯の目付きが、矢の様に鋭くなる。

「……パルマ軽騎兵中隊には、軍馬を分け与える程の余力が残っているのか？」

今まで眺めていた編制表をエリザベスに押し付けると、コロンフィラ伯はフェイゲンへ相対する。

「……同中隊の残存兵力は、既に二十騎を割っております。最早、戦術的な働きを期待するのは不可能かと。本編制表が受理され次第、パルマ軽騎兵中隊は遊撃騎馬砲兵隊へ統合され、実質解隊と――」

「ならん！　ならんぞ！　その様な兵種統合、フレデリカが許しても軍団長たる余が許さぬ！」

騎兵用の乗馬ブーツで地面を踏みつけるコロンフィラ伯。胸の騎士大綬章が大きく揺れた。

「軽騎兵こそ、貴様の述べる遊撃戦に最も適した兵種では無いか！　遊撃戦用の部隊を新設するために、軽騎兵中隊を解散させるなど、本末転倒も良い所である！」

彼は凄まじい剣幕でフェイゲンを詰問する。

「閣下！　どうかご再考を」

　エリザベスが間に割って入り仲裁の構えを見せる。

「こうでもしませんと、軍馬の用立てが出来ませんの。ラーダ王国からの援助には軍馬は含まれておりません。今から馬を集めるとなると、遊撃戦の開始が更に遅れる事になりますわ！」

「えぇい、分からん奴だな！」

　腰に提げた直剣に手を掛け、自分自身を指差しながら、苛立ちと興奮、そして僅かばかりの気恥ずかしさを帯びた声で彼は叫んだ。

「軍馬はコロンフィラ騎士団から都合してやる！　パルマ軽騎兵中隊に不足としている軍馬の数も即刻教えろ！　軽騎兵中隊を解散させるくらいなら、無用の長物たる余の部隊《よのぶたい》を解散させた方が幾分も道理に適っているだろう⁉」

　嘗《かつ》ては高らかに名を馳せた騎士の軍馬が、大砲を曳く駄馬と化す。

　殊更に勇ましく命令した彼の声色には、しかして悲憤《ひふん》の情が込められていた。

◆

「ねぇねぇフェイゲンおじさん」

「ん？　どうした毛玉よ」

エレンが前車と曳き馬を繋ぐ、鉄製金具の交換作業をせっせと進めている。対するフェイゲンはコロンフィラ伯への提案も済み、やや手持ち無沙汰の面持ちである。

「コロンフィラ様って、何でこんなに協力的なの？　私達のこと好きなの？」

「……まぁ、好意はあるだろうな。ただそのベクトルは我々に向けられた物では無いが」

「誰の事が好きなのさ？　教えて〜！」

琥珀色《こはくいろ》の瞳を輝かせたエレンが、前車越しに顔を覗かせる。

「パルマ女伯閣下だ」

「え!?　コロンフィラ様ってあんな怖い人が好みなの……？」

サッと前車から顔を引っ込めたかと思えば、彼女は恐る恐る目だけを覗かせた。

「元々は婚約者同士だ。惹《ひ》かれる部分もあったのだろう」

「婚約者同士だったの!?　あ、でも今は違うんだよね？」

「その通りだ。十年前くらいだったか、お互いに気持ちの折り合いがつかんという事で、婚約解消した様だ。……どっちが先に振ったのかまでは知らんぞ？」

期待に胸を膨らませていたエレンの表情が、みるみる内に萎《しぼ》んでいく。

「えー！　そこが一番気になる所なのにー！」

前車に積まれた弾薬箱の蓋を手でベシベシと叩きながら、エレンが口を尖らせる。

「当時の私は一介の歩兵中尉だ。貴人同士の色恋沙汰に首を突っ込める身分ではないよ」

「じゃあ連隊長の今は首を突っ込める立場って事なの～？」

「いやそうでは無くてだな……あの御二人が自らの恋愛事情を他人に話す様な性格だと思うか？」

「ぬーん」

その言葉で漸く納得したのか、溜息とも相槌とも取れない妙な声を発し、エレンは作業に戻った。

女子供だからと下手なあしらい方をしていては、この毛玉の追及を逸らす事は出来ない。のほほんとした雰囲気に似合わず、結構な食い下がりを見せた彼女の姿に、フェイゲンは少し驚いていた。

「えーと、次はこの砲身をこっちの砲架に載せるからここにクレーンを……」

三角錐型に組まれた木製クレーンを、エレンがズルズルと大砲の直上へ引き摺ってくる。

「新品の砲身同士を交換するのかね？」

老朽化している訳でもなく、完成したばかりの砲身同士を交換しようとするエレンへと疑問を投げかける。

「そうだよー。部品がちゃんと同じ形になってるか確認したいの～」

言いながらエレンは、滑車から吊るされたロープを手元に手繰り寄せ、砲身中央に備えられた取手《ドルフイン》に巻き付ける。

「同じ形？」

「そうだ」

フェイゲンの背後から、垂直式ドリルの稼働後点検が終わったヨハン・マリッツが声をかける。

「おお！　これはヨハン・マリッツ殿。この度は砲兵付鍛治師の申し出を承諾してくださり、誠に有難うございます。それにしても……」

振り向いて握手を交わしながら、フェイゲンは自分の背後に立てられた巨大な垂直式ドリルを引き気味に眺める。

「これが例の大砲用の旋盤ですか、人の丈を軽く超えるドリルを見るのは初めてですな。これはドリル本体が回転するんですかな？」

「いや、回転するのは大砲の方だ。その方が中心点がズレずに済む」

フェイゲンの問いに対して、ヨハンが端的に答えていく。

「動力は水力ですかな？」

「そうだ。最初は輓馬で曳いていたが、継続して一定の動力を求めるのであれば、やはり水力の方が都合が良い」

「お爺さん！　ちょっと砲身持ち上げるの手伝って～」

エレンの救援要請に無言で応えると、ヨハンはエレンと力を合わせてロープを引き、砲身を砲架から持ち上げる。

「……話を戻すが、この新式大砲を作るに当たって、部品の共用化を一つの目標とした」

「共用化？」

「戦場では砲の故障や損壊は日常茶飯事だろう？」

吊られた砲身を隣の砲架に移動させながら、ヨハンは目線だけをフェイゲンに向ける。

「例えば、砲身が破損した大砲と砲架が破損した大砲を組み合わせれば、一門の砲を組み上げられる。その際、二つの砲部品の寸法が一致している事が前提条件になる事は分かるな？」

言いながら、二人は息ぴったりに砲身を隣の砲架に降ろす。

「おぉ、これは凄い精度だ……」

ピタリと砲架に収まった砲身をしげしげと見つめながら、フェイゲンは感嘆の声を漏らした。

「部品の共有化？　って言えば良いのかなぁ？　砲兵輜重隊長としても、部品管理がとっても楽になるの～！」

エレンが胸を張って自慢する。

「流石は最年少にして最良の輜重隊員。良き仕事をするな！」

フェイゲンはいつものサムズアップをエレンに送りながら、ふと顎に手を当てた。

「この新型砲にはもう名前は付いているのかね？」

「えへへ～、それがまだ付けてないんだ」

エレンが後頭部に手を遣り、照れ臭そうに笑う。

「君の姓を取って、そのままカロネード砲ではダメなのかね？」

「カロネード砲はもうある。短砲身大口径の艦載砲だ」

コイツん商会の作品だよ、とエレンを指差しながら半笑いで答えるヨハン。

「成程、先を越されていたか……うーむ、エレン砲では格好が付かんしな……それであれば……」

十秒ほど視線を宙に浮かせたフェイゲンが、パチンと指を鳴らした。

「エレンの旧姓から取ろうではないか！　グリボーバル砲でどうだろう⁉」

それが、オーランド連邦初の国産大砲、四ポンドグリボーバルカノン誕生の瞬間であった。

第四十九話：螺旋状の覚悟（前編）

「コロンフィ……軍団長閣下は？」

「コロンフィラに向かわれましたわよ。兵隊さんの数と兵科割合を掌握したいんですって」

タルウィタの兵舎へ新型大砲と共に舞い戻ってきたエリザベスは、イーデンと共に士官室に詰めていた。

「にしても編制表作るのがこんなに面倒だとは思わなかったわ……」

オーランド砲兵達の名前と、各大砲への人員配置図を交互に眺めるエリザベスが悪態を吐く。一分間隔で外から漏れ聞こえてくる大砲の射撃演習音が、的確に作業の手を中断させてくるのも相まって苛立ちが募る。

「イーデン中……違った、大尉殿はずっとこんな事やってたの？」

「おう。臨時カノン砲兵団の頃からやってたぞ。今はお前とオズワルドが居るお陰で大分マシにはなったが、七面倒な事には変わりねぇな」

三本線の階級章《エポレット》を両肩に佩用したイーデンが、死んだ魚の様な目をしながら机に向かう。時折頬杖を突いたり、貧乏揺すりを始めたり、足を何度も組み替えたり、実に索然とした様子である。

「……貧乏揺すり止めてくれる？　こっちの机まで揺れが伝わってくるんですけども」

一定周期でカタカタと震えるインク瓶や羽根ペンを半目で見つめながら、イーデンに抗議する。

「こんだけ離れてんだ、俺が原因な訳ねぇだろ」

自分とエリザベスの距離を親指と人差し指で示しながら、イーデンが抗弁する。新たに遊撃騎馬砲兵隊士官詰所として割り当てられたこの部屋は、オズワルド含む三人分の士官机を収容してなお余りある広さを持っていた。

「じゃあ何が原因なのよ。インク瓶が勝手に踊り始める訳でもあるまいし」

「外だよ外。ウチの砲兵達の仕業だ。撃ちまくってる大砲の振動がここまで伝わってきてんだよ」

イーデンが自身の背後に設けられた窓を見ながら、これまた面倒臭そうに答える。よくよく見てみれば、揺れているのは机上の物だけではなく、壁にかけられたコートや制帽、窓枠までもが一定周期で小刻みに揺れていた。

「身内ながら傍迷惑な事ね……」

自席から立ち上がり、気分転換がてら窓際へと歩を進めてみる。そこには、練兵場の中心で八門の真鍮砲が火を噴いており、更にその周囲を騎乗訓練中の砲兵達がグルグルと回っていた。

「……音はずっと聞こえてたけど、大砲の振動もここまで伝わってくるのね」

ここ最近いつも間近で砲声を聞いていた所為で、離れた位置から聞く大砲の発射音に謎の新鮮味を感じてしまう様になった気がする。近場では耳を聾《ろう》する爆音のせいで、碌にその砲声を聞く事は叶わなかったが、此処からであれば良く聞こえる。

砲身内部で一気に燃焼する黒色火薬に押し出され、砲口から雷鳴の如く撃ち出される球形弾のなんと頼もしい事か。幾百の燧石式《フリントロック》がその火花を散らそうとも、この音の前には易々と掻き消されてしまうだろう。

砲の真価はその威力ではなく、その音にある。迫り来る敵を前にして、自身の頭上を飛び越え、勇ましい風切り音を響かせながら敵戦列へ斬り込んで行く砲弾の勇姿に、歩兵達は勇気付けられるのだ。

「煩《うるさ》いけど、やっぱり……嫌いになれないわね」

この音は愛しい我が子の泣き声の様なものだと割り切りが出来た所で、自席に戻ろうとする。

「ん？」

ふと兵舎の正門付近に目を向けると、入り口で衛兵に取り囲まれている一人の民間人が目に入った。

エリザベスは野次馬気分で単眼鏡を取り出すと、正門へそのレンズを向けてみる。

「……ねぇ大尉殿」

「なんだよ？」

「ちょっと席を外しても良いかしら？」

「良いけど早く戻ってこいよ。今日中に編制表は仕上げなきゃならねぇからな」

イーデンに許可を取りながら、コートジャケットと三角帽子を引っ掴む。

「いきなり慌ただしいな。何しに行くんだよ？」

イーデンが頬杖を突きながら興味なさげに尋ねる。エリザベスはドアを開け放つと、端的に言い放った。

「二年前のわたくしに、会いに行ってきますわ！」

エリザベスの単眼鏡が捉えたのは、マスケット銃を担いだ女性の姿だった。

二年前、ラーダ王国の練兵場に志願兵として立候補しに来た自分と、今正門前で衛兵達に取り囲まれている女性。

エリザベスは彼女の姿に、嘗ての自分の姿を重ねずには居られなかったのだ。

◆

「無理だ。女の志願は受け付けていない」

「なんで無理なんですか？　せめて私の腕を試してから言って貰えませんか？」

「腕っぷしで女が男に勝てる訳ないだろう。帰った帰った」

「腕力では勝てませんが、銃の腕なら自信があります。試す場だけでも用意して頂けませんか？」

「白兵戦が起きない戦場など無い。最後は銃剣で決するのが会戦だ。射撃だけ上手くても兵士としては使い物にならん。むしろ射撃は下手でも腕っぷしが強い奴の方がよっぽど使い所があるぞ」

取り囲まれた衛兵達に鼻で笑われてもなお、ピアノの様な艶《つや》のある黒目で兵士を睨みつける少女。

彼女の肩越しには、古びたマスケット銃が担がれていた。

「では砲兵輜重隊の隊長に会わせてください。私の母が同隊に所属しておりました。関係者として面会を希望します」

「輜重隊員どころか、軍属は原則面会禁止だ。どうしてもと言うなら手紙を持って来い。それぐらいなら受け取ってやる」

衛兵二人が、あの手この手で中に入ろうとする少女を軽くあしらう。しまいには衛兵二人掛かりで彼女の両腕を掴み、門前から引き剥がそうとする。

「ま、待ってください！　必ず役に立って見せます！　今のオーランドには兵が不足している事も知っています！」

「兵が不足しているのは事実だが、女子供を受け入れる程切羽詰まってはいない――」

「あら、本当にそうかしら？」

背後からお淑《しと》やかな声を掛けられた衛兵達が振り向くと、砲兵将校服に身を包んだエリザベスが、後ろ手を組み、仁王立ちの姿勢で佇んでいた。

「これは砲兵少尉殿！　お見苦しい所をお見せして申し訳ございません。此奴《こやつ》、軍人になると言って聞かない様子でして」

衛兵二人が、うんざりした様な視線を女性に向ける。

「じ、女性の砲兵士官……？」

無理矢理片膝を突かせられた彼女が驚きの声を漏らす。毛先に掛けて緩やかにカールが掛かったショートボブの彼女は、自分程では無いが、それなりに若い顔立ちに見えた。

「どうして、女性が軍人になんて……？」

「その言葉、そのままお返し致しますわ。なぜ女性である貴女が軍人になりたいんですの？」

質問を打ち返すと同時に、エリザベスはわざと貼りつけた様な笑顔を見せ、底知れぬ威圧感を相手に与える。

「……母の仇を取りに来ました」

彼女の目付きが、一層にその切れ味を増す。

「あまり、聞かれたくない類《たぐ》いの話みたいですわね。皆様、警備に戻って頂いて構いませんわよ？後はわたくしが引き継ぎますわ」

「はぁ。少尉殿がそう仰るのであれば」

面倒な人の応対をせずに済むのであればと、一礼と共に門の警備に戻る衛兵達。

「お心遣い、ありがとうございます。少尉殿」

膝立ちの姿勢から立ち上がると、彼女はマスケット銃を背負い直しながら、切れ長の瞳をエリザベスに向けた。

「……砲兵士官の貴女なら、砲兵輜重隊は良くご存知でしょう。その中に、ターニャ・ホーキンスという女性が居た筈です」

聞く耳を持つ人物が現れた喜びと、己の事情を端的に話そうとする焦り故に、栗色の毛の彼女は口調が所々急ぎがちになる。

「それが私……リサ・ホーキンスの母です。第二次ヨルク川防衛戦で戦死した、母の名前です」

目に涙を浮かべる事も無く、感情に任せてエリザベスを責め立てる事もせず、リサと名乗る女性は、淡々と事実を述べた。

「私には母の様な学識高さはありませんが、射撃の腕なら自信があります。どうか私を雇って下さい」

彼女が背負ったマスケット銃を肩越しに見せつける。その銃口付近には、マスケット銃であれば当然付いている筈の突起、つまり着剣装置が付いていなかった。

しかしその代わりに、銃口内部から這い出る様に、何条もの螺旋施条《ライフリング》が顔を覗かせていたのである。

「その銃、ライフルですわね。貴女、猟師なんですの？」

「は、はい」

踵を合わせて姿勢を正すリサの姿を、まじまじと観察する。

見栄えよりも動き易さを重視した丈の短い灰色のジャケット。裾が絞られたズボンと長靴。そして左腰に吊られた弾薬盒《だんやくごう》。彼女が身に付けている物はどれもこれも悉く《ことごと》古びており、かといって値打ちのある年代物という訳でもない。

エリザベスは一目で、彼女の纏う装備が二束三文の品々である事を見抜いた。

「貴女、なかなか」

しかし同時に。

「良いモノをお持ちの様ですわね」

それらが熟練の手によって、非常に良く使い込まれた品々である事も、見抜いていたのである。

「あ、ありがとうございます？」

何故褒められたのか、一向に要領を得ない様子の彼女を見て、エリザベスは初めて顔を綻ばせた。

「あら、貴女の腕前を褒めてるんですのよ？　素直に喜んで頂いて構いませんわ」

弾薬盒の革は、幾重にも塗られたであろうオイルによって、深い茶褐色のグラデーション模様を映し出している。まるで高級家具の様な色合いだ。

肩に掛けたライフルには傷こそあれども、泥や砂といった汚れは微塵も無い。猟が終わる度に念入りな分解清掃を行っているのだろう。銃床も木目の粗さからそれ程良い木材を使っているとは思えないが、しっかりと磨かれており、ほんのりと艶がかっている。

「褒めるも何も、私はまだ一発も……」

「既に貴女の腕前は拝見させて頂きましたわ」

エリザベスは一歩身を引き、兵舎への道を空けた。

「そのライフルと弾薬盒、とても永く使ってらっしゃいますのね？」

その言葉に、今まで切れ長だったリサの瞳が丸くなる。

「分かるのですか？」

「元は武器商ですので。少しは心得がありますの」

言いながらリサに背を向け、兵舎へと歩き始める。

「あ、あの！　お名前を……」

門の内側に足を踏み入れて良いものか判断出来ないリサが、片足を浮かせたままエリザベスの背中に手を伸ばす。

「エリザベス。エリザベス・カロネードよ」

彼女に背を向けたまま、足を止める。

「オーランド連邦軍、遊撃騎馬砲兵隊所属、砲兵少尉にして――」

回れ右の動作で勢いよく振り向いて見せる。

突き合わせた踵同士がぶつかり、カッという勇ましい音を立てた。

「――貴女の上官になる予定のお嬢様ですわ。そのほど宜しくて？」

リサはその問いには答えず、代わりに浮かせた足を一歩、大きく前に踏み出して見せた。

第五十話：螺旋状の覚悟（後編）

「輜重兵？」

「ええ、そうですわ。恐らく貴女は普通の戦列歩兵よりも、そちらの役割の方が向いてると思いますの」

練兵場広場で訓練を続ける砲兵達を尻目に、二人は兵舎へと向かっていた。

「砲兵には段列、つまり輜重隊が必要ですの。そして段列そのものに自衛能力はありませんので、輜重隊を専門に護衛する輜重兵が必要になりますわ。今までは輜重隊自体の規模が小さかった為に不要と判断していましたが、砲兵戦力の増大により、いよいよ輜重兵の役割が――」

話しながら隣に目を遣ってみると、口を半開きにし、何とも間抜けな顔で自分を見つめるリサの姿があった。

「……ええと、まず軍が継続して戦うには補給が必要って事は分かるかしら？」

「はい」

「大砲を運用する砲兵は、歩兵と比較して、とりわけ沢山の補給を必要とする事は何となく分かるわよね？」

「はい」

「沢山の補給を維持するには、沢山の補給要員が必要よね？」

「はい」

「となれば、沢山いる補給要員を守る人も当然必要になるわよね？」

「なるほど、それが輜重兵の役割なんですね」

「その通りですわ」

嚙み砕いて説明すれば分かってくれる頭脳の持ち主である事を知れて、内々で安堵する。しかしその安堵は、彼女が続けて口にした疑問で脆くも崩れ去った。

「輜重兵が居なかった為に、私の母は戦死してしまったのですか？」

返す言葉が思い当たらない。

第二次ヨルク川防衛戦で輜重隊に被害が出たのは、敵榴弾砲の間接射撃を受けた時だ。砲兵を狙った砲撃が砲陣地を飛び越え、背後の段列に直撃したと記憶している。結論から言えば、輜重兵がいようがいまいが避けられなかった被害である。端的に言えば流れ弾だ。

しかし、たとえ事実がそうだったとしても。

「そうですわ」

どちらにせよ死んでいた、とは言えなかった。

「輜重隊の規模が小さかった故に、輜重兵の編成を軽視したオーランド砲兵隊……ひいては、わたくしの責任ですわね」

誰のせいでもないと言ってしまうのは簡単だ。しかしそれでは、彼女は責める先を失ってしまう。

私を責める事によって溜飲が下がるのであれば、私は進んで矢面に立とう。

それが、パルマ女伯やフレデリカ大尉の振る舞いを見て学んだ、上に立つ者としての責務である。

「そうですか」

リサは次に口にする言葉を思い悩んでいる様子だった。

気が済むまで責め立てると良い。その覚悟は出来ている。

「であれば」

リサは目を瞑ると、口端を僅かに上げた。

「これ以上被害が出ないように、私が守らないといけませんね」

ああ。

「……そうですわね」

彼女の覚悟の方が、余程強かったではないか。

◆

「撃てェ《Fire》！」

練兵場の片隅で、鋭いライフルの銃声が響く。

撃ち出された丸弾は、銃身内部に彫られた螺旋施条《ライフリング》の溝に沿って回転しながら空気中を猛進する。

この回転こそがライフルの高い命中精度を生み出しているのだ。

「おぉ、見事なモンだな」

二百メートル先で飛び散るレンガを単眼鏡越しに眺めながら、イーデンが感嘆を漏らす。

「これで納得したかしら？」

リサとイーデンの間に立つエリザベスが、仁王立ちの姿勢で答える。

「確かに、射撃の腕はお前から聞いた通りだな」

「ね？　腕を測るまでも無いって言ったでしょ？」

「お前を疑ってた訳じゃねえよ、単に俺が実際に見ないと気が済まねぇ性格ってだけだ」

「……もう一発必要ですか？」

うつ伏せの姿勢でライフルを構えるリサが、二人に尋ねる。

「いや、大丈夫だ。因《ちな》みに再装填は何秒掛かる？」

「伏せてると六十秒くらい掛かります。立ってると四十秒くらいですね」

「まぁ、ライフルだとそんくらいか。立って良いぞ」

「恐縮です」

伏射姿勢から立ち上がりながら、膝に付いた砂埃を払うリサ。

「お前、歳は幾つだ？」

「十八です」

「猟師歴は？」

「八年です」

「人を殺した回数は？」

「えぇと……えっ!?」

「冗談だよ、真面目に答えられても困る」

リサを適当にあしらいながら、イーデンは暫し顎に手を当てて考え込んだ。

三角帽子を指先で回して遊ぶエリザベスと、ライフルの清掃を行うリサを交互に見つめた後、彼は自身の背後に佇む兵舎を親指で指差した。

「聞いといて何だが、最終判断を下すのは俺じゃねえからな。大佐殿にお伺いを立ててみるか」

付いてきな、とイーデンはポケットに手を突っ込みながら兵舎に入って行く。

「……イーデン殿がこの砲兵部隊の隊長さんなんですよね？　隊長なのに入隊の判断を下せないんですか？」

兵舎に入場しながら、イーデンの背中に向かってリサが質問を投げ掛けると。

「大尉殿が持ってるのは部隊の指揮権よ。人事権じゃぁ無いわ」

答えはリサの背後から返ってきた。

「私達……遊撃騎馬砲兵隊は、今から会いに行くパトリック・フェイゲン連隊長の直属部隊よ。通常、連隊の人事権は連隊長が持ってるわ」

「はぇ～」

明らかに理解しきれていないタイプの返事が返ってくる。別に知らなくとも部隊内で活動する分には支障は無いだろうと、エリザベスは委細説明を放り投げる事にした。

「大佐殿。イーデン・ランバート大尉です、今宜しいでしょうか？」

イーデンがドアをノックする。

「良いぞ、丁度ヒマだった所だ」

「失礼します」

ヒマなら丁度良いと扉を開け放ったイーデンは、目の前の光景に一瞬言葉を失った。

執務机上に所狭しと積まれた書類。床に広げられた幾つもの地図。封蝋すら解かれていない手紙の数々。ヒマをしている人間の部屋とは到底言い難い様相だった。

「大佐、本当に貴方はヒマなんでしょうか？」

「忙しいかどうかは本人の主観によるものだ。故に、私がヒマだと言ったらヒマなのだ」

「左様ですか……」

床に鏤《ちりば》められた地図を踏まない様に注意しながら、三人が机の前に立つ。積まれた紙束を脇に退けると、やっとフェイゲンの顔が見えた。彼自身の言葉の通り、至って健康的な顔立ちである。

「で、何だね？　ヒマではあるが、やる事が無い訳ではないからな、手短に頼む」

「はっ！　簡潔に申し上げます。我が隊は、砲兵輜重隊の部隊規模拡大に伴いまして、輜重兵の編成を行いたいと考えております」

それに際して、とイーデンがリサに目配せする。

「こちらのリサ・ホーキンスを輜重兵として迎え入れたいと考えております」

「なるほどな、あいわかった」

フェイゲンはやや伸び始めた無精髭をつまみながら、リサの目を見据える。

「女は迎え入れておらん……と言いたい所だが、カロネード少尉の面前でそれを言ってしまっては、筋が通らんからな」

椅子から立ち上がると、フェイゲンは器用に床の地図を避けながら部屋を歩き始めた。

「彼女の力量は把握しているか？」

「勿論です。小官とカロネード少尉が保証致します。射撃の腕は確かです」

「違う」

足を止め、こめかみに手を当てたまま三人の方を向く。

「その力量ではない」

片眼鏡を外し、レンズ部分を布で磨きながらリサに向き直る。

「……確か砲兵輜重隊に、ターニャ・ホーキンスという御婦人が居たな」

片眼鏡を掛け直し、フェイゲンは明るいブルーの瞳を向ける。

「君の母親かね？」

「はい」

「であれば、亡くなられたお母様の敵討ちをしたいという事かな？」

「はい」

リサは質問に対し、迷わず返答する。

フェイゲンは再び部屋の中を歩き回り始める。今度は先程とは違い、彼の瞳に鋭い眼光が走っていた。

「君に一点、忠告しておこう」

ゆっくりと、踏みしめる様な速度で彼は歩く。

「オーランド連邦軍は、君の個人的な復讐を果たす為の道具では無い。まず、そこは理解してくれているかね？」

「はい」

リサの返事は、先程よりも少し言い淀みが混じっていた。

「であれば、母親を殺した首謀者が君の目の前に出てきたとしても、一人の軍人として、理性的に振る舞う事が出来るという事かね？」

「はい」

彼女の歯切れが更に悪くなる。

「意地の悪い質問をしている事は承知している。しかし、君を軍人として迎え入れる為には、どうしても忠告しておかなければならんのだ」

フェイゲンが歩く度に、木の軋む音が重く部屋中に響く。

エリザベスは、フェイゲンの視線が、いつの間にか自分の方にも向けられている事に気付いた。

「貴様は人間ではなく、軍人だ。それを意識せねばならん。人としての正しさや道徳、倫理よりも先ず、軍人としての合理性を取らねばならん時が、必ず来るだろう」

エリザベスは確信した。

この言葉はリサだけではなく、私にも向けられていると。

「母を失った痛みを抑え、軍務に服する。貴様にそれが出来るかね？」

リサと、そしてエリザベスの瞳が大きく、そして強く見開かれる。

「……できますとも。その為にここまで来たのですから」

リサは言葉で、そしてエリザベスは目で、肯定を示した。

「ならば良し！　輜重兵にするなり煮るなり焼くなり、イーデンの好きにして構わんぞ」

終わり良ければ全て良しと言わんばかりに、フェイゲンが渾身のサムズアップを披露する。

「あ、有難うございます！」

深々と礼をするリサを見届けると、フェイゲンは再び椅子に座り、書類の中に埋もれていった。

「大佐殿、失礼しました」

入る時に通った道を思い出しながら、三人は一列縦隊で扉へと向かう。

「おっと、忘れる所だった。エリザベス！」

フェイゲンが引き出しから小さな何かを掴むと、エリザベスへと放り投げた。

「ちょっ……！」

エリザベスは慌てながらも右手でキャッチする。

「オズワルドと二個ずつで分けたまえよ」

言われるがままに右手を開いてみると、そこには見覚えのある、棒状の肩章が四つ握られていた。

「昇進おめでとう。エリザベス・カロネード砲兵中尉殿」

祝いの声が聞こえて来た方に目を向けると、書類の山頂から、サムズアップの指だけがニュッと伸びていた。

【遊撃騎馬砲兵隊：編制】
部隊指揮官：イーデン・ランバート（大尉）
第一騎砲兵小隊長：エリザベス・カロネード（中尉）
第二騎砲兵小隊長：オズワルド・スヴェンソン（中尉）
砲兵輜重隊長：エレン・カロネード
砲兵輜重隊付鍛治師：ヨハン・マリッツ
輜重兵長：リサ・ホーキンス

第五十一話：さらばパンテルスの畔よ

「うーし、とりあえず士官の足並みは揃ったな。そんじゃ会議を始めるぞ」

一週間という超短期訓練を終え、その羽を休める間もなくタルウィタを出立した遊撃騎馬砲兵隊。彼らは再編成が完了したパルマ軽騎兵中隊の面々と共に、騎乗状態で作戦会議を始めようとしていた。

「た、大尉殿。せめて何処かで腰を下ろしてから作戦会議を始めませんか？」

馬の手綱を握りながら地図を広げようと悪戦苦闘するオズワルドが、イーデンに尋ねる。

「ダメだ、時間が惜しい。今は少しでも前に進む事が最優先だ」

元々軽騎兵出身のイーデンは特に苦戦する事もなく、スルスルと地図を広げていく。

「し、しかし馬上では地図がまともに見え――」

「コロンフィラ騎士団の軍馬は利口な子が多い。手綱から手を離しても、しっかり道なりに進んでくれる筈だ」

近くを並走するフレデリカから助言を受け、オズワルドが恐る恐る手綱から手を離してみると、馬が自ずと道を探して器用に歩き始めた。

「おぉ少佐殿！　かたじけない！」

「もう少しその子を信用してやると良い。そうすれば信用が返ってくる」

左手で手綱を握り、右手で器用に地図を保持しながら話すフレデリカ。彼女の纏う上着《プリス》は更に装飾が豪奢《ごうしゃ》になり、フェイゲンと同様の佐官階級を示す金飾緒《モール》が追加されていた。

「少佐殿、この度はパルマ軽騎兵中隊再編成へのご助力、並びに本邀撃作戦へのお力添え、感謝申し上げます」

イーデンが馬上敬礼を見せると、両手が塞がった状態のフレデリカは微笑みながら首を僅かに傾けた。

「なに、肩の線と荷が少しばかり増えただけの事だ。中隊指揮官なのは以前と変わらないぞ」

そう話すフレデリカの背中を、エリザベスは少し後ろから眺めていた。

階級的にも、精神的にも。近づいたと思ったら、いつの間にか離されている。私はいつになったらあの人に追い付けるのだろうか。

自分の成りたい姿とは少し異なるが、それでも到達点の一種であることに変わりはない。あの人の背中が遠くなると、同時に自分の夢も遠ざかった様な感覚に陥る。それがどうしようもなく、自分の心をざわつかせる時があるのだ。

「おいベス！　聞こえてんのか！」

「は、はい！　聞こえてますわ！」

内観に没頭するあまり、周りが見えていなかった。

慌てて返事を返す。

「後ろはどうだ？　砲列と段列はちゃんと付いてきてるか？」

「え、ええ、ちゃんと付いてきておりますわ」

答えながら背後を振り向く。

自分の直背には、四頭立てで四ポンド砲を牽引する騎馬砲兵達が続き、更にその背後にエレン率いる砲兵輜重隊の馬車列が続く。最後尾にはリサと十名程の輜重兵達が最後方を警戒し、前方と側面はフレデリカのパルマ軽騎兵が防護している。一個砲兵部隊に対する防護としては非常に手厚い物である。

「よし、各員！　馬上且つ行軍中で申し訳ないが聞いてくれ！　敵ノール軍の進軍ルートが判明した！　奴らは既にリヴァン市を出立しており、現在はヨルク川を南下中だ！」

いつもの気怠《けだる》げな表情とは違う、険しい表情で作戦を伝達するイーデンの姿が、何故か可笑しく見えた。

「敵は二万の大軍だ。水源確保の観点から、川から離れる事はまず無いと考えて良いだろう。よって我らがコロンフィラ伯軍団長閣下は、このまま川沿いに敵は進軍してくる物と結論付けた」

イーデンの声に傾注しつつ、オーランド北部地方図と第された地図を開く。そのままヨルク川を指で下へなぞっていくと、巨大な湖に突き当たった。

「相変わらずデカいわねこの湖……最大幅で十キロ以上あるんじゃないかしら」

地図の丁度真ん中に居座る巨大な湖を見つめる。陸地を薄い灰色、川が濃い茶色で塗られている為、中央に大きなシミが出来ている様に見えた。

「ヨルク川を下った先にあるのはオーデル湖だ！　皆も知っての通り、オーデル湖の周囲は湿地帯だ！　敵の進軍速度並びに機動力が大きく低下するだろう！」

よって！　と、イーデンは地図を高く掲げ、オーデル湖の畔《ほとり》に黒のバツ印を付ける。

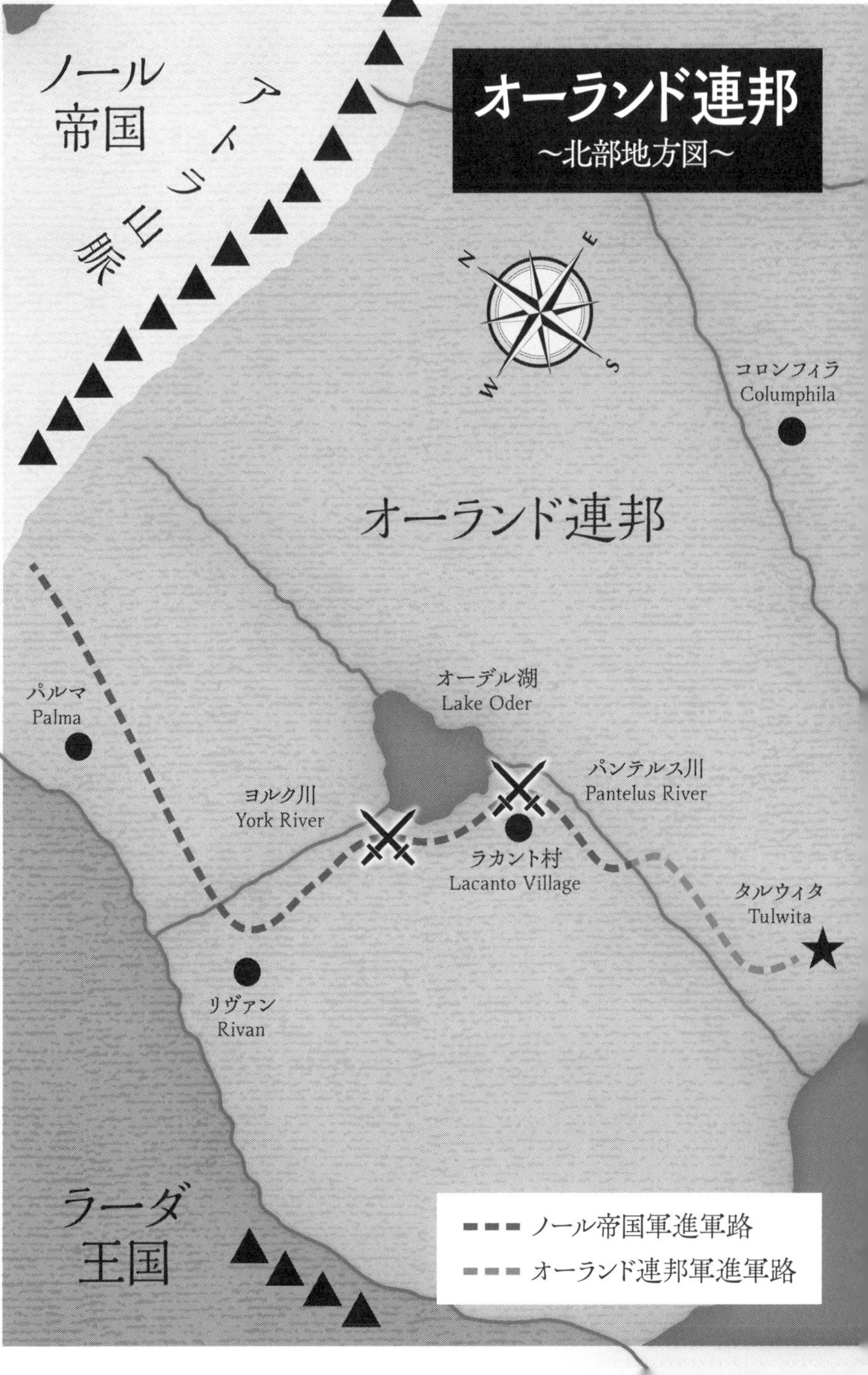

オーランド連邦
～北部地方図～
ノール帝国
アトラ山脈
N
E
S
W
コロンフィラ
Columphila
オーランド連邦
オーデル湖
Lake Oder
パルマ
Palma
パンテルス川
Pantelus River
ヨルク川
York River
ラカント村
Lacanto Village
タルウィタ
Tulwita
リヴァン
Rivan
ラーダ王国
ノール帝国軍進軍路
オーランド連邦軍進軍路

「ここを第一邀撃地点とする！　オーデル湖を進軍中の敵軍を迎撃するぞ！　覚悟は良いな⁉」

「「了解‼」」

「……第一という事は、第二邀撃地点もあるんですのね？」

皆の一律揃いな返答が響いた後、エリザベスの右手が挙がる。

「あぁその通りだ。オーデル湖からそのままタルウィタに向かって南下すると、ラカントという名前の村がある。そこが第二邀撃地点だ」

「ラカント、ぇぇと」

指をそのままオーデル湖の南端部分に滑らせてみると、たしかにラカントと書かれた村のマークがあった。

「ノール軍がこの村に立ち寄るという確証はありますの？」

「確証はねぇよ。可能性ならあるけどな」

眉間に皺を寄せていた表情から、眉尻を下げたいつもの顔に戻る。

「ラカントは呼び名こそ村だが、その実情は千人規模の大農村だ。ノール軍が徴発なり分宿なりに立ち寄る可能性は高い。パルマという一大拠点が利用できていない以上、補給事情が厳しいのは事実だろうしな」

イーデンはラカント村の地点に二個目のバツ印を付けつつ、理由を説明する。

「なるほど。邀撃地点はこの二箇所だけですの？」

「そうだ。敵だって馬鹿じゃねぇ、そう何度も待ち伏せに引っ掛かる訳が無い。軍団長閣下並びにフェイゲン大佐とも検討した結果、邀撃地点はこの二点のみであると結論付けられた。俺たちはそれに従って、戦術を練るだけだ」

そこまで言うと、イーデンはフレデリカの方へ自分の馬を寄せた。

「少佐殿。邀撃作戦を成功裏に終わらせる為には、入念な斥候派遣による敵進軍路の把握が必要となります。先行偵察をお願いできますか？」

「あぁ、いいだろう」

左肩に羽織ったプリスを優雅に翻しながらサーベルを引き抜くと、フレデリカは側背面に散らばった騎兵達へ再集結を促す。

「偵察箇所はヨルク川南部とオーデル湖北部で問題ないか？　中隊全八十騎で首尾よく不備なく偵察を行うとなれば、その二方面に偵察箇所を絞った方が良いだろう」

「問題ございません。部隊編成については一任致します」

「委細承知。隷下の部隊へ指示を行ってくる故、少しばかり失礼するぞ！」

そう言うとフレデリカは馬の向きを反転させ、隊列中腹で集結中の軽騎兵達の元へ走り去っていく。

彼女とすれ違う際、羽織ったプリスに巻かれた風が、一拍置いてエリザベスの頬を撫でる。

「……一々格好良いわよね、ほんと」

地図を顔に押し当てて、今の自分の表情を他人に悟られないようにする。

「故に我々の第一目標は、可及的速やかにオーデル湖へ到達し、ノール軍を歓迎する準備を整える事だ。当然ながらこの第一邀撃の成否は、続く第二邀撃、そして今後控えるタルウィタ防衛戦の成否にも関わってくる」

今一度、オズワルドとエリザベスの両名を見つめながら、断固とした口調で、しかし口角を上げながらイーデンは期待の言葉を投げかけた。

「遊撃騎馬砲兵隊小隊長各員にあっては、此処を先途《せんど》として奮闘成す事を期待する」

「了解!!」

地図を畳んだエリザベスとオズワルドが同時に馬上敬礼を返す。

「……して本題とは逸れますが、邀撃作戦終了後、我が隊はどの様に動くのでしょうか?」

地図を図嚢《ずのう》にしまったオズワルドが、自身の手綱を取り直しながら質問をする。

「邀撃作戦終了後は、パンテルス川……今まさに横で流れてるこの川の何処かで、オーランド連邦軍主力と合流する」

イーデンは、騎馬砲兵隊のすぐ側を流れる川を一瞥しながら答えた。

「それは、つまり」

オズワルドが言い掛けた所で、エリザベスがその先の言を取った。

「ここが首都防衛の決戦場という事ね」

決戦場と呼ぶには程遠い、草原と丘が広がる長閑《のどか》な風景を眺めながら呟くエリザベス。

早暁《そうぎょう》の陽に照らされた紫のシースが、初冬を待ち侘びていたかの様に彼方此方《あちらこちら》で咲き誇り、紅葉はその黄金色の最後を迎えようとしている。遠くには農地も見える、されば近くに農村もあるのだろう。

ここが近い将来、修羅《しゅら》の巷《ちまた》と化す。そう言われて、少し位なら動く心もある。

しかし。

「……この景色も見納めね」

パルマを取り戻す為なら、燃やしてみせよう。

エリザベスの中で、何かの箍《たが》が一つ、外れる音がした。

第五十二話：スカーミッシュ・ライン

「イーデン大尉殿、輜重隊の段列が伸び切ってしまっております！　落伍寸前です！　五分で構いませんので隊列を整える時間を！」

「クソッ！　やっぱ馬車は遅いなチクショウ！　分かったよ、停止《Halt》！　小休止だ！　十分間の小休止だ！　部品脱落の有無を確認しとけ！」

　輜重隊の馬車列を置き去りにしかねない速度で進軍を続けて来た遊撃騎馬砲兵隊。その甲斐《かい》あって彼らは、既にオーデル湖の南端へ到達していた。

「手隙《てすき》のヤツは周囲警戒だ！　流石に敵本隊はまだ来てねぇ筈だが、斥候部隊ならこの辺まで出張《でば》って来てても可笑しくねぇ！　気ィ抜くんじゃねぇぞ！」

隷下の部隊に指示を出しながら、隊列先頭のイーデンが大きく手を横に振ると、騎馬砲兵達の速度が徐々に落ちていき、やがて各車はギシギシと金具が擦れる音を出しながら停車した。

前方を征《ゆ》く騎馬砲兵達が一時停止してくれた事に、エレンが安堵の表情を浮かべる。

「……あ！　前の方が停まってくれた！　みんな！　あとちょっとで追い付けるよ～！」

パイパーを鞭《むち》でペシペシと叩きながら、背後に続く馬車列へ呼び掛ける。

弾丸や火薬を積載した馬車が二両、小さな炉を載せた従軍鍛冶師用の馬車が一両。機動力重視の騎馬砲兵に比べて速度と取り回しに劣る彼らは、落伍しないように追い付こうとするだけで精一杯なのである。

「毛玉隊長ぉ！　ヨハン爺さんの鍛冶馬車が落伍してます！」

ドカドカと馬を走らせながら、アーノルドがエレンの元へ駆け寄って来る。シルエットだけ見れば、馬の上に熊が乗っている様に見える。

「うそぉ!? 鍛治馬車ってそんなに遅いの!?」

後ろから駆け寄ってきたアーノルドの報告を受け、エレンか両手を口に当てる。

「小型とはいえ炉が載ってますからねぇ、どうしても速度が出ねぇみたいです。まぁ一本道ですし、地図とかは持ってるはずなんで、流石に迷子《ロスト》にはならんと思いますがね……」

軍服ではなく、他の輜重隊員と同じ平服に身を包んだアーノルドが頭を掻きながら顔を顰める。

アーノルドはエレンの補佐を行う為、つい先日、自らの意志で砲兵から輜重隊へと転属していた。

軍人と比較して待遇が落ちる事も、伍長の階級を捨てる事も、軍服に袖を通す事すら許されなくなる事も承知の上で、彼はエレンの補佐役へと立候補したのである。

「守ってくれてた軽騎兵の皆は、もう全員居なくなっちゃったんだよね?」

「おうよ、パルマ軽騎兵は全騎が斥候偵察中だ」

下唇に手を当てながら、えーとえーと、と悩むエレン。

「と、とにかくアーノルドおじさんは、ヨハンお爺さん達が遅れてることをイーデンおじさんに伝えてあげてね」

「あいよ!」

一際盛大に土埃を巻き上げながら、アーノルドはドカドカと隊列前方へと走っていく。

「い、いざとなったらリサお姉ちゃん達が最後尾に付いてるし、野盗くらいなら大丈夫だよね

「……？」

エレンが背後を振り返りながら呟く。

曲がりくねった街道の先に、ヨハン達の馬車は未だ見えず終いだった。

◆

「毛玉の姿は見えてきたか？」

「毛玉ですか……？」

鍛冶馬車を操るヨハンに聞かれ、リサは手を額に当てながら遠くを凝視する。

「流石に、道端に毛玉なんて落ちて無いと思うんですけども」

「そっちの毛玉じゃねぇよ、毛玉なんて拾ってどうすんだよ。輜重隊長の事だよ」

「エレン隊長ってそんな可愛い渾名付いてたんですか……？」

驚くや否や、リサは自分の背後に続く輜重兵達に問いかけた。

「エレン隊長が毛玉って呼ばれてる事、みんな知ってました？」

「後ろから見ると本当に毛玉だぞ」

「座ってる時が一番限り無く毛玉に近いシルエットだと思うぞ」

「毛先があちこちに跳ねてるのが毛玉らしさをより一層助長してるよな」

パルマ・リヴァン連合駐屯戦列歩兵連隊からこの輜重兵へと引き抜かれて来た兵士達が、一様に首を縦に振る。

「……貴方達ってもしかして、エレン隊長とかエリザベス中尉とかと結構長い付き合いな感じだったりします？」

「もう半年くらい経つっけかな？」

「初めて同じ前線に立ったのが第二次パルマ会戦ん時だから大体そんなモンだな」

「ただのちんちくりんな姉妹が、今じゃ騎馬砲兵小隊長と輜重隊長とはなぁ……」

兵長であるリサが、他の面々よりも頭ひとつ抜けた階級ではあるのだが、輜重兵の男達はそんな事はお構い無しの言葉遣いである。

「一応私、兵長なんですけども」

「そんなら兵長らしさの一つでも見せて下さいよ。ただでさえ輜重兵とかいう訳の分からん部隊に配属されて気が滅入ってるんすよ」

元猟師だから、という理由でライフルを貸与され、そのまま半ば強制的に輜重兵へと転属命令を受けた彼らに、士気があろうはずも無かった。

「給金も減っちまったしな……まぁ元々そんな貰ってもいねぇけどよ」

「俺達ペーペー階級でも馬に乗れる事くらいか、輜重兵で良かった点と言えば」

「後は戦列を組まなくても良い点か。アレは窮屈でかなわん」

士気の低さが如実に伝わってくる回答を受けて、リサの口と目が一文字になる。

「じゃあ逆にどうすれば信用してくれるのさ？」

「……別に信用してないって訳じゃ無いですよ。上官として認めるかどうか、まだ判断出来ねぇって話です」

隊列の後ろの方で黙って聞いていた、一人の輜重兵が声を上げる。

「エリザベス中尉とフェイゲン大佐……そんで何よりイーデン大尉殿が良いって言ってる以上、俺達はアンタを信用はしますよ」

長髪を後ろで纏めた金髪の青年が、貸与されたばかりのライフルを背負い直しながら答える。

「ただ、階級ではアンタの方が上でも軍歴ではこっちの方が上だ。その差を埋めたかったら、金星の一つでも取ってきて下さいって事です」

窶《やつ》れた服と、微妙に淀んだ黒目でリサを見つめる青年。他の輜重兵よりも一回り小さい体格であるのにもかかわらず、彼の周囲には老練を思わせる雰囲気が漂っていた。

「えーと、君、ラルフ〜、ラルフ……ラルフ・オニール……だっけ？」

ラルフ・オニールと呼ばれた青年が僅かに頷く。

「えー……じ、女性軍人の私を信用すると言ってくれてありがとうございます？」

「別に、女だから信頼出来ない云々の話ではないです。珍しいとは思いますが、フレデリカ少佐殿という前例も居ますからね」

リサは認めて貰いたいが為に笑顔で礼を述べたが、この気難しそうな青年に易々と認められる筈もなく、ご尤もな所見を打ち返されて笑顔が固まる。

「リサ兵長さんよ、ラルフに認められたいなら相当頑張んないといけませんぜ？」

「むしろ、ラルフが認めるって言うんなら俺達もアンタの事を認めない訳にはいかねぇな？」

苦笑気味にリサの顔を見つめながら輜重兵達が好き勝手に述べる。

「なるほどなるほど」

暫く俯き加減で黙っていたリサが突然自信満々の表情で顔を上げた。

「わかりました。であればラルフは私の副官をお願いします！　私の事を認めさせてみせます！」

「はぁ……まぁアンタが良いなら、了解です」

面食らう事もなく、露骨に嫌な表情を見せる事もなく、困惑した様子でラルフがリサの隣に並ぶ。

他の輜重兵達はいそいそと、鍛冶馬車を囲む様にして元の配置に戻って行った。

「今の目標として、逸《はぐ》れちゃった毛玉隊長の部隊に追い付く必要があるんですけども、誰でもいいから先に行かせて前の状況を確認してくる事って出来ます？」

「分かりました。内容は確認だけで良いですか？　イーデン大尉殿へ伝言はありますか？」

「あー、出来ればもう少しスピードを落としてくれると嬉しいですね」

「了解しました」

そう言うとラルフは輜重兵を一人呼び付け、手短かに要件を伝えた。程なくして、鍛冶馬車列から一騎が突出すると、街道前方へと消えて行った。

「これで良し。後は頑張って追いつくだけですかね」

「……いや」

後ろを警戒していたラルフが目を細める。彼がライフルを肩から下ろし、両手に構えた所で、リサも背後の異変に気付いた。

「確か、隊列では私達が最後尾でしたよね？」

「はい」

「じゃあ、私達の後ろから追って来ている騎兵の人達って……」

リサがその言葉を言い終える前に、彼らがサーベルを一斉に抜き放つ。

それこそが答えだった。

「クソッ！　騎乗強盗《ハイウェイマン》か！」

ラルフが馬上でライフルを構えながら叫ぶ。

「いえ、違いいます！　旗を掲げながら襲撃する騎乗強盗《ハイウェイマン》なんていません！」

彼らが掲げる双頭の金鷲の旗を指差しながら、リサは叫んだ。

「背後よりノール軍の軽騎兵部隊です！　輜重兵戦闘用意！」

リサの号令に対して、輜重兵達が次々と馬上射撃の準備に入る。それを見たリサは大きく手を振って彼等を制止した。

「ダメ！　みんな馬上では撃たないで！　全騎下馬戦闘用意！」

鐙《あぶみ》に置いた右足を支点にして、リサが勢いよく馬から飛び降りる。

「なぜわざわざ下馬戦闘を!?　相手は騎兵だぞ!?」

輜重兵の一人が敵軽騎兵を指差しながら、信じられないといった様子でリサに尋ねる。

「ろくすっぽ当たらない馬上射撃を行った所で、威嚇射撃以上の意味はありません！　確実に敵へ命中させる為には馬を降りないとダメです！」

「馬を降りたら完全に逃げられなくなるぞ！　死ぬ気か!?」

「私達の任務は逃げる事ではありません！　鍛冶馬車を無事に護衛する事です！」

槊杖《さくじょう》を使い、銃口内部へ丸弾を押し込みながら皆の説得に掛かる。

「鍛冶馬車のスピードで軽騎兵を振り切るのは無理です！　なので私達がこの場で迎え撃つのが一番良い作戦だと思いましたっ！」

「思いました、ってお前……」

上官からの指揮命令は大原則として断定口調で行われる物である。それだけに、まるで共感を求めるようなリサの物言いに、輜重兵達は思わず当惑した。

「……俺もそう思いますよ」

いつの間にか下馬していたラルフが、共感の言葉を述べる。

「兵長さんの言う通り、装填に時間の掛かるライフルに二発目は無い。初弾で命中させなきゃ、どちらにせよ俺達は終わりだ」

「……ラルフまでそう言うなら、分かったよ」

ラルフが恭順の意を示した事で、今まで下馬を嫌がっていた他の輜重兵達が次々に下馬をしていく。

ある者は木に体をもたれながら、ある者は膝立ちの姿勢で、またある者はうつ伏せの姿勢で、皆思い思いの射撃姿勢で敵を待ち構える輜重兵達。

その精度と士気故に密集隊形を取らざるを得ない戦列歩兵と違い、一定以上の練度を持つライフル銃兵達は、ある程度疎《まばら》に布陣する事が可能である。周りを気にせず、自分の最も得意とする射撃姿勢で撃つ事が出来るのだ。

「ラルフ、ありがとうございます」

街道左脇の岩にライフルの銃身を乗せ、照準を安定させようとしていたラルフに、リサが近寄る。

「間違った事は言って無いんですから、もっと自信持って下さいよ。でなきゃ下はついて来ませんよ――」

「敵騎兵距離四百メートル！　数は十二騎！」

木にもたれていた輜重兵から逐次、敵情報告が飛ぶ。

「報告ありがとう！　みんな聞いて！　必ず命中させる為に百五十メートルまで敵を引き付けます！　狙いが被らない様に、街道右手側に布陣している方から順番に射撃してくだ……射撃しろ！」

命令口調に言い直したリサを見て、ラルフの口が僅かに綻んだ。

「兵長さんよ、念の為に予備のヤツ持っときな」

ヨハンが馬車に積まれたライフルをリサに手渡す。

「あ、有難うございます！」

ライフル二丁を両襷《りょうだすき》にしながら、リサが礼を述べる。

「敵騎兵距離三百メートル！」

「輜重兵各位！　こんな所に居る軽騎兵なんて、十中八九斥候です！　敵を攻撃する事よりも、情報を持ち帰る事を優先するはずです！　全弾命中させなくても、幾らかが命中すれば撤退を始めるでしょう！」

「二百五十メートル！」

「兵士に当てられる自信の無い人は馬を狙ってください！　それで十分です！」

「二百メートル！」

「最右翼から順次射撃！　狙え《Take aim》！」

「自信が無い人は馬を狙え、ねぇ……」

最右翼で伏射の姿勢を取っていた輜重兵が独り言を呟く。

「その言葉、パルマ猟師への挑戦と見たり！」

「百五十メートル！」

「撃《Fire》てェ！」

リサの射撃号令と同時に最右翼の輜重兵が発砲する。

ライフリングに沿って高速回転する丸弾が、窮屈そうに身を捩《よじ》りながら銃口から飛び出《い》でる。

大雑把に、敵の方へ銃口を向ければ良い戦列歩兵と違い、ライフル銃兵は明確に標的を定める。それこそが、戦列歩兵とライフル銃兵の最大の違いである。

彼らが狙うのは敵ではなく、人なのだ。

殺意を帯びて、漆黒の色を一層増した球形弾がノール軽騎兵の額に命中し、彼が被っていたシャコー帽が宙空を舞う。

「次発《Next》！」

第二射。

「次発《Next》！」

第三射。

「次発《Next》！」

第四射、第五射、第六射、第七射、第八射、第九射。

リズミカルに次々と噴き上がる白い硝煙が、黄銅色の草原を徐々に覆い尽くして行く。フリントロックの激発音が響く度に、硝煙の向こうに漂う騎影が一騎、また一騎と崩れ落ちて行く。

「ラルフ！　撃てェ《Fire》！」

間近に立っていたリサの号令を受け、ラルフは僅かに顔を顰めながら発砲した。

「……クソッ！」

硝煙で標的が見え辛くなっていた所為か。リサの号令で射撃タイミングをズラされた所為か。

ラルフの放った弾丸は敵を逸れ、土を削った。

「五十メートル！　クソッタレ奴ら止まらねェ！」

十二騎の内、九騎を失ってなお突撃を敢行するノール軽騎兵達。硝煙の中から鮮明に、純白と金の外套《プリス》を纏った騎兵が飛び出してくる。煙の中で鈍く光るサーベルの切先は、明確にラルフへと向けられていた。

「ラルフ！」

突き飛ばす様にして岩の前からラルフを退かし、リサはすかさず立射でライフルを放った。最後方を征く騎兵の胸元に命中し、仰け反りながら地面へ倒れ落ちる。撃ち終わったライフルを放り投げ、肩に掛けたもう一丁のライフルを負い紐《スリング》を引き千切るくらいの勢いで、無理矢理に構える。

「兵長！」

ラルフの叫び声と同時にリサが発砲し、先頭の隊長らしき騎兵の軍馬に命中する。けたたましい嘶《いなな》き声を上げながら、リサに覆い被さる様にして軍馬が倒れ込む。

「ぐっあ……！」

その勢いのままにリサは押し倒され、下半身が馬の下敷きになる。

「――っバカ野郎！」

ラルフが腰に提げた銃剣を抜き、リサと、今まさに彼女へ斬り掛からんとする最後の一騎の前に飛び出す。

「ラルフ！」

上体を起こして悲鳴を上げるリサの後方から、ライフルの銃声が響く。その弾丸はリサの頭上を飛び越え、ラルフの頬を掠めると、敵騎兵の顔面に命中した。軍馬の軌道はすんでの所で左に逸れ、そのまま主人を失った馬は、草原の中へと走り去っていった。

「……予備の予備を、念の為に積んどいて正解だったな」

馬車の上で、ライフルを構えていたヨハンが呟く。

その銃口からは、真新しい煙が燻っていた。

◆

「ノールの斥候と接敵しただぁ!?」

「はい！」

「損が――」

「ご安心を！　味方の被害は皆無です！」

「敵残存――」

「全騎撃破致しました！」

「現在――」

「マリッツ氏の馬車は無事段列の最後尾へ合流を果たしました！」

「待て待て待て！　頭ン中で情報を整理する時間をくれ！」

意気揚々と、そして矢継ぎ早に回答するリサの顔面に、イーデンが右手を突き立てる。

無事小休止中の輜重隊と合流出来たリサは、部隊長への報告の為、一騎先駆けてイーデンの元へ参じていた。

「あー……いや待て、そもそもお前、なんで兵長やってんだ？」

「タルウィタ出立の直前に、フェイゲン大佐殿から輜重兵長をやって欲しいと依頼を受けまして……もしかして、聞いてませんでしたか？」

知らなかった、と言うまでもなく、彼は目を丸くして意思表示を行った。

「兵歴真っ白の女猟師を輜重兵長にしたのかよ……なに考えてんだあのサムズアップ親父……」

リサの気を悪くしない様、聞こえない音量で悪態を吐く。

「……輜重兵はライフル銃兵で構成されてたよな？　どうやって軽騎兵を凌《しの》いだ？」

「十数騎の小部隊でしたので、正面から迎え撃ちました。接近される前にライフルの長距離射撃をお見舞いしてやりましたよ！」

リサは胸を張り、拳を頭上で振り回しながら説明する。

「そうか……。良くやった、パルマ軽騎兵が留守の間、良くぞ段列を守ってくれた」

「身に余るお言葉、ありがとうございますです！」

どう評するか迷う様な素振りを見せた後、結局イーデンは月並みな賛辞を送った。対してリサは屈託の無い笑顔で応えると、自分の持ち場へと走り去って行った。

「オズワルド、お前はどう思う?」

「どうって、何がですか?」

自身の馬に飼料を与えていたオズワルドが、イーデンに聞き返す。

「リサの事だよ。軍人に向いてるかどうかって話だ」

「……向いてるか向いてないかって話で言えば、向いてないと思いますよ。ですが」

馬の前脚を上げ、蹄鉄の具合を見ながらオズワルドが呟く。

「そもそも、最初から軍人に向いてる人間なんて、居ないと思うんですよ」

蹄鉄に挟まった泥や草を除きつつ、顔をイーデンに向けて話し続ける。

「上手い言い方が見つからなくて恐縮なんですが、最初は皆、人間からスタートする筈じゃないですか。そこから士官学校やら戦場やらを経て、徐々に軍人という生き物に変わって行くモノだと思うんですよ」

「……暫く見守ってりゃ、そのうちリサは一端の軍人になれるって言いたいのか?」

イーデンの言葉に対して、彼は制帽のつばを僅かに下げて恭順を示した。

「もちろん、途中で耐えられなくなって潰れる可能性だってありますし、それ以前におっ死《ち》ぬ場合だってあると思いますけどね」

今まで少しばかり驚いた様子で話を聞いていたイーデンが、ここに来て鼻から笑いを漏らした。

「……初めて会った時と比べて、大分堅物感が薄れて来たじゃねぇか。良い傾向だぜ」

「アレコレと、色々見て来た結果ですよ。士官学校だけが全部じゃないって、やっと分かってきました」

オズワルドは三角帽子を取り、やや気恥ずかしそうに頭を掻いた。

「じゃあ質問の仕方を変えるぞ。リサは途中で潰れると思うか？　それとも無事一人前の軍人になれると思うか？」

「……さぁなんとも。ただ成功例は既にありますよね？」

「成功例？」

察しの悪いイーデンに、オズワルドは思わず苦笑する。

「ほら、居るじゃないですか。民間人からいきなり軍人になるって言い始めて。十五歳の身で戦場の理不尽に耐えて。今じゃ一端の指揮官になったヤツが」

オズワルドが言い終わると同時に、少し離れた所で地図を見つめていた銀髪の小娘が、大きなくしゃみを漏らしたのである。

《了》

カノンレディ2
～砲兵令嬢戦記～

発　行
2024年6月14日　初版発行

著　者
村井啓

発行人
山崎　篤

発行・発売
株式会社一二三書房
〒101-0003　東京都千代田区一ツ橋2-4-3 光文恒産ビル
03-3265-1881

印　刷
中央精版印刷株式会社

作品の感想、ファンレターをお待ちしております。
〒101-0003　東京都千代田区一ツ橋2-4-3 光文恒産ビル
株式会社一二三書房
村井啓 先生／※ kome 先生

Printed in Japan, ISBN 978-4-8242-0192-8 C0093
※本書は小説投稿サイト「小説家になろう」（https://syosetu.com/）に
掲載された作品を加筆修正し書籍化したものです。